Sandra Diepenbrock

STORYS

Copyright: © 2015 Sandra Diepenbrock
Cover: Sabine Abels / www.e-book-erstellung.de
Buchsatz: Erik Kinting / www.buchlektorat.net
Verlag: tredition GmbH, Hamburg
Printed in Germany

Bibliografische Information der Deutschen Nationalbibliothek:
Die Deutsche Nationalbibliothek verzeichnet diese Publikation in der Deutschen Nationalbibliografie; detaillierte bibliografische Daten sind im Internet über http://dnb.d-nb.de abrufbar.

Inhalt

Amba und ihr größtes Geschenk – ein behindertes Kind

Wie kann das sein, fragen wir uns heimlich, wie kann man damit nur glücklich werden? Ein behindertes Kind, meine Güte, was für eine heftige Lebensaufgabe! Gott sei Dank habe ich ein „normales" Kind, denken wir heimlich und schämen uns ein wenig bei diesem Gedanken.

„Gott sei Dank habe ich dieses wundervolle und ganz besondere Kind bekommen", sagt Amba hingegen. Sie hat sie bekommen, diese Lebensaufgabe. „Dieses Kind war einfach nur das größte Geschenk für mich und meinen Mann! Um nichts in der Welt würde ich tauschen wollen", sagte sie mir einmal. Dieses wunderbare Wesen allein war es, welches uns das Glück ins Haus gebracht hat. Es hat uns auf den richtigen Weg geführt und ist auch letztendlich dafür verantwortlich, dass wir heute dankbar unseren Traumberuf ausüben dürfen."

Ernsthaft jetzt? Wie kann das sein? Oder könnte es vielleicht doch sein, dass alles einen Sinn hat und die vermeintlich „schlimmen" Dinge vielleicht doch eher ein Segen für alle Beteiligten sind? Aber von Anfang an:

Amba wuchs in Argentinien auf, sie kannte Armut und Not sehr gut, überall um sie herum und täglich greifbar. Ambas Vater war auch einmal sehr arm gewesen, er wusste noch genau wie es war, wenig Geld zu haben. So wurde dies zum täglichen Erziehungsmotto für seine Kinder und somit auch für Amba: „Wenn man gut verdient, geht es einem gut, dass ist das Wichtigste im Leben!"

Amba lernte also fleißig und begann diesem Motto folgend ihre Karriere in einer Bank in Argentinien. Der Vater war stolz und zufrieden, die Tochter war in Sicherheit – was für ein Glück!

Amba war in Sicherheit, ja, – aber auch sehr, sehr unglücklich dabei. Die Arbeit bei der Bank entsprach ihr nicht, eigentlich hatte sie das Fach Mathematik nie wirklich gemocht, damals in der Schule. Sie liebte es aber, mit ihrer Mutter am Herd zu stehen und zu kochen, bunte und gesunde Speisen auf den Tisch zaubern und sich und ihre große Familie gut zu ernähren. „Auch das trägt zu Gesundheit und Glück bei, auch so könnte ich doch genug Geld verdienen, oder nicht?" hatte sie ihren Vater oft als Kind gefragt.

Aber die Angst um seine Tochter und um zu wenig Geld beherrschte den Vater. Zu tief waren seine eigenen Wunden aus der Kindheit mit einer traurigen Mutter, die nie ausreichend Geld oder Essen für ihre Familie zur Verfügung gehabt hatte. So musste Amba also weiter in die Bank gehen und die ihr so verhassten Zahlen berechnen, tagein, tagaus.

Als es ihr immer schlechter ging, traf sie endlich eine Entscheidung. Sie sammelte ihre Ersparnisse zusammen, überredete eine Freundin und ging mit ihr für ein Jahr mit einem großen Rucksack auf eine Erlebnisreise quer durch Südamerika. Endlich war sie frei, endlich nicht mehr täglich diese vielen Zahlen, endlich etwas tun, was sie liebte! Sie fühlte sich endlich wieder lebendig und auch ihre körperlichen Beschwerden verschwanden. Auf ihrer Reise stand sie – sooft man es zuließ – bei irgendwelchen Restaurants in der Küche und schaute begeistert den Köchen bei der Arbeit zu. Wie das duftete und wie köstlich doch diese Speisen waren – das hier war ihre Welt, einfach herrlich!

Nach diesem Jahr versuchte sie es wieder in der Bank, sie dachte sich, nun habe sie sich ordentlich „ausgetobt", sicherlich würde sie nun besser funktionieren in dieser Welt, die so gar nicht die ihre war.

Natürlich funktionierte das nicht, sie war immer noch sehr, sehr unglücklich.

Ein paar Monate später zog ihr Bruder nach Deutschland, in das Land seines Uropas. Der Bruder erträumte sich dort ein besseres Leben, so wie sich einst der Uropa dies in Argentinien erhofft hatte, so kehrte der Enkel nun zurück zu seinen Wurzeln. Amba ergriff die Chance und ging mit, immer in der Hoffnung, dort nun besser mit diesem Beruf, den der Vater ihr aufgedrückt hatte, klar zu kommen. Sie arbeitete in Deutschland in einer spanischen Bank, verliebte sich und heiratete. Alles schien perfekt.

Mit der Geburt ihres Kindes begann dann aber unweigerlich wieder ein völlig neues Leben, das

Leben als Mutter eines geistig behinderten Kindes...

Nun war es aus mit der Bankkarriere, denn um diesen für sie so unpassenden Job machen zu können, benötigte sie ja bereits all ihre Energie. Nun brauchte die Tochter ihre Energie, und sie brauchte Zeit für die Bibel und die Reflektionen, die ihr halfen, mit dieser neuen Herausforderung klar zu kommen. Sie wollte verstehen, wie man mit diesem Kind richtig umgeht und wieso sie diese Aufgabe bekommen hatte. Amba war schon immer sehr gläubig gewesen und so vermutete sie hinter allem einen tieferen, richtigen und glückbringenden Sinn.

Zunächst schwebte sie im leeren Raum, kellnerte und ging putzen. „So hatte ich mir das in Deutschland nun wirklich nicht vorgestellt, ich habe oft geweint und einfach nicht gewusst, wie es weiter gehen soll", beschreibt sie später ihre damalige Situation.

Und wie es immer so ist, wenn man einfach keine Kraft mehr hat, um das Falsche zu tun, dann kommt das Richtige um die Ecke und sagt grinsend: „Hallöchen!" So auch bei Amba. Der schlimmste Job ihres Lebens, die Putzstelle, wurde zur besten Chance für ihre glückliche Zukunft: Die Chefin des Restaurants, in dem sie arbeitete, bot ihr eine Ausbildungsstelle zur Köchin an. Das war genau das, was Amba sich immer erträumt hatte! Nur hatte sie vorher nie auf diesen Traum gehört oder diese Möglichkeit in Erwägung gezogen, da die Worte und Ermahnungen des ängstlichen Vaters zu tief in ihr verwurzelt waren. Erst ihre Tochter und die damit verbundene Lebenskrise öffneten ihr den Weg zu ihrem beruflichen Glück.

Heute betreiben Amba und ihr Mann ein eigenes Restaurant. Sie sparten, nahmen sich viel Zeit, lernten und wagten schließlich den Schritt in die Selbstständigkeit. All dies parallel zu der Betreuung ihres geistig behinderten Mädchens, das mittlerweile glücklich die Walldorfschule abgeschlossen hat.

„Ohne meine Gebete und mein Vertrauen, ohne meinen lieben Mann und vor allem ohne die Bibel – nennen sie mich altmodisch – hätte ich dies alles nicht geschafft", sagt sie heute, während sie mir ein köstliches, argentinisches Steak zubereitet. Gesundes Essen und die Unbeschwertheit Südamerikas kann man heute täglich bei Amba und ihrem Mann genießen. Frohe Farben, leckeres Essen und die wunderbare Musik lassen jeden Gast für kurze Zeit die Sorgen des Alltags vergessen, dort, in Ambas Restaurant. Es läuft gut und es ist ausreichend Geld vorhanden – die Ängste ihres Vaters sind endlich überwunden!

Amba kocht eben nicht nur für den Magen, sondern auch für die Seele. Sie weiß ja auch wie es ist, wenn man eine Krise überstehen muss, wenn man „ganz unten" ist und wieder aufstehen muss. Durch die alltäglichen Schwierigkeiten, die ein behindertes Kind mit sich bringt, hat sie viel gelernt. Sie sagt, ihre Tochter zeige ihr die richtigen Werte im Leben auf und dass ihre Tochter letztendlich das größte Geschenk in ihrem Leben gewesen sei.

Und Maria, ihre Tochter? Die springt fröhlich zwischen den Töpfen herum und bringt so manches Mal voller Freude einem Gast ein Getränk. Dann kann man es sehen, das unbeschwerte, sorglose Lächeln, welches von Maria ausgeht und sich ausbreitet unter den Gästen. Es ist manchmal nur ein kleiner, leicht hochgezogener Mundwinkel eines Gastes, den man aber doch gut erkennen kann, wenn dieser das Restaurant verlässt….

P.S.: Außerdem, wer sagt uns denn, dass geistig behinderte Kinder oder Erwachsene nicht vielleicht sogar glücklicher sind, als alle anderen? Vielleicht hat ja genau hier der liebe Gott es besonders gut gemeint? Ich kenne einen erwachsenen Mann, an dessen „Behindi"-Geburtstagsparty ich einmal teilnehmen durfte. Auf den ersten Blick ein merkwürdiger Anblick, all die grinsenden, manchmal grunzenden Erwachsenen, viele davon im Rollstuhl sitzend. Aber ich habe noch nie so viele erwachsene Menschen auf einmal gesehen, die wirklich aus tiefstem Herzen glücklich waren und dauernd lachten – so ganz ohne Alkohol.

Felix und die Angst vor dem Raumanzug

Wir denken doch immer, nur wir sind diejenigen, die Probleme haben. Probleme, die für uns so unlösbar erscheinen, wie eine Landung auf dem Mond für die Menschheit im Jahre 1950. Wir denken doch immer, nur wir hätten diese Schwächen und schämen uns dafür in diesen dunklen Nächten und an diesen grauen Tagen.

Ich dachte immer, ich sei mit meinen Ängsten ein ganz besonderer Spezialfall und müsse nun für immer im Keller meiner Schwester leben, weil ich es einfach alleine nicht schaffte, dieses Ding, welches sich Leben nennt, zu meistern. Bis ich an den Punkt kam, an dem gar nichts mehr ging und ich mir einfach helfen lassen musste – egal wie peinlich und merkwürdig meine Probleme auch waren, ich musste sie erzählen, ganz offiziell und um Hilfe bitten. Das war dann der Durchbruch! Die Veränderung begann und die Probleme wurden sukzessive besser und besser.

Heute denke ich oft, warum schämen wir uns nur so sehr für unsere Schwächen? Irgendwo hakt es doch immer, jeder hat irgendetwas nicht oder falsch gelernt in seiner Kindheit, was ihn als Erwachsener an einen Punkt kommen lässt, an dem er alleine einfach nicht weiter kommt. Wenn wir Glück haben, geht es uns schlecht genug und wir nehmen die Hilfe an, die übrigens immer da ist und für uns bereit steht (schauen sie sich um!).

Wenn wir Glück haben, lernen wir nach, was uns fehlt und können so weiter erfolgreich unseren gewünschten Lebensweg gehen. Wenn wir Glück haben!

Felix hatte Glück. Auch er erreichte diesen Punkt, an dem nichts mehr ging und man einfach nur aufgibt. Vielleicht dachte er in diesem Moment an seinen Vater, der immer gesagt hatte: „Geh du mal was arbeiten! Such dir mal einen Job! Mit Sport kannst du kein Geld verdienen! Erzähle mir nicht immer diese Geschichten!"

Dabei hatte er so viel erreicht, war so weit gekommen, hatte so viel erlebt und bereits so gutes Geld verdient „nur mit dem Sport".

Sein Sport, seine Leidenschaft, sein Traum war es, den er nun lebte, der ihn einen Rekord nach dem anderen brechen und eine Verrücktheit nach der anderen Wirklichkeit werden ließ: Er sprang als erster vom damals höchsten Gebäude der Welt, den Petronas Twin Towers in Kuala Lumpur, bei welchen uns normalen Menschen allein schon beim Hinaufschauen bereits schwindelig wird. Er kletterte nachts heimlich (nach 5 Fehlversuchen) auf die Jesusstatue in Rio de Janeiro und sprang auch von dort spektakulär wieder hinunter. Er bekam den Weltmeistertitel im Base-Jumping nur 1 Jahr, nachdem er mit dieser Sportart überhaupt angefangen hatte. Er hatte schon so viel erreicht, aber nun stand er -für sein Empfinden- komplett vor dem Aus. Sollte sein Vater doch Recht behalten?

Er wusste es nicht, er wusste nur, dass er an einem Punkt war, an dem es einfach nicht mehr weiter ging für ihn. Er musste seine Schwäche eingestehen und dachte, dass dies unweigerlich auch das Aus bedeuten würde für sein bislang größtes und kostspieligstes Projekt, an welchem er und ein umfangreiches Team an Mitarbeitern nun schon einige Jahre arbeiteten: Projekt „Stratos". Es ging darum, einen Fallschirmsprung aus dem Weltall im freien Fall zu bewältigen, aus der Stratosphäre.

Es war ein spektakuläres Projekt, doch jetzt war ihm das egal, alles war ihm egal geworden, er schaffte diese Hürde einfach nicht, auch wenn das nun bedeutete, dass das gesamte Projekt scheiterte und er versagt haben würde – es ging einfach nicht. Er beschloss aufzugeben und nach Hause zu fahren, allen endlich die Wahrheit zu sagen und dieser seiner Qual ein Ende zu bereiten.

Er fuhr zum Flughafen und während er auf ein Flugzeug nach Hause wartete, setzte er sich in eine Ecke und weinte wie ein kleines Kind. Ein Polizist kam zu ihm und wollte ihn trösten, die Menschen schauten ihn mitleidig an – ihm war alles egal, er hatte genau diesen Punkt erreicht, an dem man endlich seine Maske fallen lässt und zugibt, dass man etwas nicht kann, dass etwas einfach nicht geht, dass man mit dem, was man bis jetzt in seinem Kopf hatte, einfach nicht weiterkommt.

Wie gesagt, er hatte Glück, denn er war an diesem speziellen Punkt angekommen, endlich. Monatelang schob er dieses Problem beiseite, monatelang ließ er sich Ausreden einfallen, damit niemand merkte, wo seine Schwäche lag. Niemand sollte wissen, dass den mutigen Felix jedes Mal, wenn er den Raumanzug testweise für ein paar Minuten tragen sollte, Angstzustände, Panikattacken, Herzrasen und Schwindelgefühle überkamen.

Was sollte er denn sagen zu all den Menschen, die an ihn glaubten, die viel Geld investierten in ihn und in die Idee von einem Stratosphärensprung aus über 35.000 Kilometern Höhe, dem Traum vom neuen Weltrekord und den damit verbundenen neuen Erkenntnissen für die Wissenschaft. Damals, vor 52 Jahren, als diesen Sprung Joe W. Kittinger für die U.S.-Air Force wagte, testete er einen neuen Fallschirm, der daraufhin seit nunmehr 52 Jahren in jedem Schleudersitz enthalten ist. Felix Baumgartner sollte einen neuen Druckanzug testen, der dann künftig von Astronauten und Piloten in großer Höhe getragen werden könnte.

Was sollte er nun all denen sagen, die sich wichtige wissenschaftliche Erkenntnisse erhofften aus diesem neuen Weltrekord im All, den Joe Kittinger ihm – und nur ihm – als ersten nach all dieser Zeit zutraute. Viele Aspiranten hatte Joe über die Jahre abgelehnt und er musste erst über 80 Jahre alt werden, bevor er jemanden fand, dem er den Erfolg einer solchen Mission zutraute, den er unterstütze und beriet, dem er half wie einem eigenen Sohn, nämlich Felix Baumgartner.

Was und vor allem wie bringt man all diesen Menschen bei, dass man es nicht schafft, länger als 5 Minuten in diesem Raumanzug einfach nur zu sein. All diese Menschen, die seit mittlerweile 5 Jahren an diesem Projekt arbeiteten, welches ursprünglich nur auf 2 Jahre angelegt war.

Ich hätte da auch geweint, am Flughafen, im Supermarkt oder sonst wo, natürlich verzweifelt man da und rennt weg. Dabei war er noch nie weggerannt, vorher, niemals, denn er war eigentlich eher der Typ, der seine Probleme anpackt und bewältigt. Er war es gewesen, der nächtelang bei Regen in Brasilien wartete, um dann mit seiner selbst entwickelten Armbrust ein Seil auf die Jesusstatue zu katapultieren, hinaufzuklettern und einen spektakulären Basejump von dort erfolgreich zu bewältigen.

Er sprang in ein dunkles Loch ohne Sicht oder schmuggelte mit gefälschtem Ausweis und als Businessman verkleidet seinen Fallschirm in das damals höchste Gebäude der Welt in Kuala Lumpur, weil er dort hinunter springen wollte. Viele Rekorde und viele Meistertitel später saß er nun da am Flughafen und wusste einfach nicht mehr weiter.

Aber, wie gesagt, er hatte Glück. Er rief den Projektleiter an und gestand endlich seine Schwäche ein, obwohl das vielleicht bedeuten würde, dass das Projekt damit beendet sein würde. „Warte, ich komme!" antwortete dieser nur.

Ein Engel in der Not, Jemand, der einen klaren Kopf behält und einen wieder sanft auf den Weg begleitet, der einem die Krücken hält und richtet, der einem hilft, so jemand war dieser Projektleiter wohl für ihn

Ich hatte auch immer diese Engel, sie waren oft schon da oder traten in mein Leben in dem Moment, in dem ich sie rief. Nur ist es eben wohl das Entscheidende, Schwäche zu zeigen und sich helfen zu lassen, das war und ist es, was mir und wohl auch Felix Baumgartner in Bezug auf dieses Problem so schwer fiel.

Und dann kam das, was auch ich erleben durfte damals, als ich mir endlich helfen ließ: Es trat ein Profi aufs Spielfeld des Lebens und lehrte ihn ganz langsam, ruhig und mit leichten Übungen alles, was ihm zuvor gefehlt hatte. Und zwar kein übliches Lernen, sondern hier ging es um mentale Stärke, um Angstüberwindung Schritt für Schritt, um Krisenbewältigung der anderen Art, Dinge, die wir eben leider, leider noch nicht in der Schule als nötiges und wichtiges Fach eingebunden haben und ohne die wir aber an gewissen Punkten in unserem Leben nicht weiter kommen.

Mike Gervais hieß der Psychologe aus den USA, dem die Aufgabe zu Teil wurde, Felix´ Panikattacken beim Tragen des Raumanzuges innerhalb von nur 3 Wochen in den Griff zu bekommen – das war das Zeitfenster zur Bewältigung dieses Problems.

Die Methoden von Mike Gervais erinnern mich sehr an dass, was auch ich gelernt habe von meinem nicht annähernd so berühmten Psychologen, damals, in einem kleinen Ort im Norden Deutschlands.

Mike Gervais sprach von nun an täglich mehrere Stunden mit Felix und gab ihm neue Gedanken, kombiniert mit kleinen Übungen – genau wie bei mir damals. Verhaltenstherapie, das Belohn-System, Gedankenveränderung hin zum Positiven (alte, negative Gedanken einfach ersetzen durch neue, positive, hilfreiche). Bei ihm musste die schnelle Methode schnell wirken, ich persönlich liebe es ja, die systemische Therapie mit einzubinden, mich bringt nur diese Kombination wirklich weiter. Aber wie das immer so ist, tausend Wege führen nach Rom – oder in Felix´ Fall in den Weltraum.

„Das Einzige, was du beeinflussen kannst, ist dein eigenes Denken", erklärte ihm der Psychologe. Er half ihm, eine völlig neue Perspektive auf das Tragen des Raumanzuges zu gewinnen, er redete ihm diesen Anzug nicht nur schön, sondern am Ende freute sich Felix fast auf den Anzug, denn dieser beschützte ihn, half ihm, seinen Traum zu verwirklichen und drückte das aus, was er war: Ein Held.

Es folgten viele Gespräche, in denen Felix' Gedanken umprogrammiert wurden, und viele Übungen, die ihn immer länger in dem Raumanzug ausharren ließen (viele Methoden werden in dem Buch in einem Kapitel sehr schön beschrieben – zum Nachlesen…).

Der Rest ist Geschichte, Felix überwand seine Ängste, überwand noch viele weitere Hindernisse, sprang und knackte damit gleich drei Weltrekorde. Am Ende wussten er und sein Vater: Man kann mit Sport (oder mit was auch immer) Geld verdienen, man kann seine Träume leben und seine Probleme lösen. Es braucht auch keinen Promi-Psychologen aus den USA, all dies funktioniert auch hier in der Sprechstunde von Dr. Bär in Castrop-Rauxel. All dies funktioniert auch bei Karin von der Kasse oder bei Sandra aus Davensberg – es ist wirklich nicht schwer und es macht so unendlich viel Spaß, wenn man sich erst einmal darauf eingelassen hat!

Vor allem ist der Gewinn so wahnsinnig groß; Felix Baumgartner sagt genau das, was ich auch erlebt habe: „Was Mike mir da erzählt, kann man im ganzen Leben gebrauchen: Bei der Arbeit, bei Gehaltsverhandlungen, in der Beziehung." Ich „schaffte" meine lange und oft sehr glückliche Beziehung erst nach der Klinik, vorher funktionierte das irgendwie nicht so richtig mit den Männern bei mir. Man lernt etwas nach, um ein bestimmtes Ziel zu erreichen, und andere Dinge lösen sich gleich mit auf – wie super ist das denn eigentlich?

Wahrscheinlich sind sie kein Felix Baumgartner und möchten gerade keinen Weltrekord brechen, sondern einfach nur den Job wechseln oder endlich einmal eine lange und bereichernde Beziehung führen. Aber vielleicht haben sie trotzdem Ängste oder was auch immer, jedenfalls wissen auch sie vielleicht gerade nicht, wie es weiter gehen soll? Vielleicht haben sie ja auch ein Problem, dessen sie sich fürchterlich schämen, merkwürdige Ängste, Spielsüchte oder was auch immer und vielleicht kommen auch sie gerade nicht weiter in ihrem Leben?

Holen sie sich Hilfe, geben sie den Kampf um äußerliche Coolness auf, und legen sie ihre Schwächen auf den Tisch, lassen sie sich fallen in das Netz der Hilfe – auch ohne ein Team von vielen Menschen um sie herum und ohne Stratosphären-Sprung funktioniert das wunderbar. Holen sie sich Unterstützung und lernen sie nach! Es gibt so tolle Menschen die einem das, was gerade fehlt, so phantastisch erklären können, die einem wirklich helfen können, die einen an die Hand nehmen und den Weg zeigen hinauf in unseren Weltraum der persönlichen Lebensziele. Lehnen sie sich an deren Schulter, hören sie zu, weinen sie sich aus und lassen sie sich alles in Ruhe erklären. Dann können nämlich auch sie ihren „Sprung" bewältigen und das erreichen, was sie gerade erreichen möchten – was auch immer es sein mag!

Und wenn sie das dann geschafft haben, wenn auch sie ihre Probleme überwunden haben und in ihrem Hubschrauber sitzen auf ihrem persönlichen Weg zu ihrem eigenen „Stratosphären-Sprung", wenn sie dann sagen: „Ok, I´m ready" – so wie Felix Baumgartner damals, dann werden auch sie tief in ihrem Inneren das fühlen, was Felix als Antwort von Joe W. Kittinger zu hören bekam: „You were born ready, Felix!"

Michael und der etwas längere Weg zum beruflichen Glück

19 Semester Studium – Kunst oder BWL, das war hier die Frage, die alles etwas aufhielt. Dazu eine Beziehung mit einer bereits anderweitig vergebenen Frau, die sich ständig trennen wollte, es dann aber doch irgendwie nie schaffte. Wie kann all dies zu einem guten Ende führen?

„Meine Mutter hat immer hinter mir gestanden, sie hat immer an mich geglaubt, auch wenn alle anderen das schon lange aufgegeben hatten. Vielleicht gab mir das die Kraft und die Zuversicht, die ich auf diesem langen Weg gebraucht habe", erzählt er heute, viele Jahre und viele Erfolge später.

Michaels Eltern waren sehr unterschiedlich. Der Vater ein erfolgreicher Geschäftsmann, der 24 Stunden am Tag dem Beruf verpflichtet war. Eisern sparend drehte er jeden Cent zweimal um und wenn er einmal zu Hause gesehen wurde, dann nur fleißig arbeitend an seinem Schreibtisch. Seine Mutter zog quasi im Alleingang die vier Kinder groß und verteilte täglich ihr großes Herz und all ihre Liebe unter den zwei Jungs und zwei Mädels.

Michael liebte auch mit großem Herzen und gleich viele Dinge gleichzeitig, die Kunst, den Sport und die Gerechtigkeit. Er hatte keine Ahnung, wie er all dies in einem einzigen Beruf vereinen sollte, im Hinterkopf immer die negativen Sätze des Vaters und vor sich eine Karriereentscheidung, die schnell gefällt und zügig bearbeitet werden sollte. Jedenfalls, wenn es nach dem Vater ging.

Michael begann Kunst UND BWL zu studieren, um durch beide Studiengänge hoffentlich zu einer Entscheidung zu gelangen. Das ging dem Vater aber nicht schnell genug und er drohte, die finanziellen Mittel zu streichen. Natürlich ging dies nicht lange gut.

Die Situation eskalierte, weil Michael sein eigenes Tempo und seinen eigenen Kopf hatte. Er löste sich vom sicheren Netz der väterlichen Versorgung und finanzierte sich fortan selber – durch Fußballtraining, viele Stunden an vielen Tagen in der Woche. So aber konnte er alles genau so tun, wie er es wollte, ohne ständig Rechenschaft über jedes Semester und über jede Note ablegen zu müssen.

Er nahm sich Zeit, um zu überlegen, wie es für ihn und seine Leidenschaften weitergehen konnte. Viele Jahre vergingen und viele schlaflose Nächte im Zwiegespräch darüber, ob er richtig war, so wie er war, oder einfach doch nicht. Währenddessen verliebte er sich in eine bereits liierte Frau. Sie versprach ihm immer wieder, sich zu trennen und ein Leben mit ihm aufzubauen, tat es aber doch nie.

Seine Mutter und seine Geschwister gaben ihm viel Halt und Vertrauen in dieser Zeit, in der er nicht immer an sich und ein gutes Ende glaubte. Trotz allem bestand er immer mal wieder eine Klausur in BWL, verdiente dabei sein eigenes Geld und konnte sich auch noch der Malerei widmen.

Er blieb sich immer treu, auch wenn viele andere nicht immer an ihn und ein Happy End glaubten.

„Der Sport, die Malerei und die Familie gaben mir immer wieder Kraft – einen anderen Weg hätte ich gar nicht gehen können. Ich brauchte all dies und auch die ganzen 19 Semester, das wusste ich einfach", erklärt er es heute.

Ein Freund und eine Wette an Silvester halfen ihm dann, sich endlich zum BWL-Examen anzumelden, welches er dann auch erfolgreich bestand. Die Trennung von der Freundin war schon vorher geschafft und schließlich fand er auch noch einen guten Job bei der Regierung – trotz der vielen Semester.

Wenn ich an Michael denke, denke ich immer an den Buchtitel „Vielfalt im Einklang" – dies beschreibt es wohl am besten.

Michael wurde sogar noch verbeamtet, heiratete eine fesche Blondine und sie bekamen ein paar prächtige Kinder zusammen. Er fand seinen Traumberuf als Dozent, stellt seine Bilder auf Vernissagen aus und treibt immer noch leidenschaftlich viel Sport – mit und ohne seine Familie. Sein zufriedenes Lächeln verrät, dass die vielen schwierigen Jahre voller Vertrauen in sich selber ihm eine perfekte Work-Life-Balance bescherten, von der viele der ehemaligen Zweifler heute nur noch träumen dürfen. Er ruht in sich und mir bleibt nur zu bewundern, wie viel doch möglich ist, wenn man voller Vertrauen seinen eigenen, ganz individuellen Weg beschreitet – Schritt für Schritt und mit viel Zeit im Gepäck ☺.

Yvonne, Patrick und der unerfüllte Kinderwunsch

Yvonne kann ein Lied davon singen, was es heißt, sich dem Schicksal fügen zu müssen. Jahrelang versuchte sie vergeblich, schwanger zu werden. Sie und ihr Mann Patrick probierten nahezu alles: Nach den üblichen Temperaturmessungen und „Punktlandungen", die alle fehlschlugen, landeten sie bei einer Kinderwunschklinik. Damit begann für beide erst die richtige Tortur: Alle zwei Tage musste dort etwas hingebracht oder etwas Bestimmtes getan werden, der Sex wurde nur noch nach strengen Zeiten „erledigt" und die verordneten Hormone schlugen zusätzlich auf Yvonnes Stimmung. Ihr Mann hatte sich immer 3 Kinder gewünscht, nun klappte es noch nicht einmal mit dem Ersten! Yvonne fühlte sich extrem unter Druck und als komplette Versagerin.

Beide hielten diese Situation eine Weile aus und taten brav, was ihnen geraten wurde. Dann irgendwann eines Abends, als Yvonne wieder einmal übellaunig durch die Hormone, unglücklich und ohne Appetit in ihrem Essen herumstocherte, da legte sich plötzlich ein Schalter in ihrem Kopf um. „Was, wenn wir es einfach lassen würden?" sprach sie ungewollt ihren Gedanken leise murmelnd aus.

„Eigentlich haben wir doch ein schönes Leben. Du hast dein Studium erfolgreich abgeschlossen, ich habe einen tollen Job, wir unternehmen wunderschöne Reisen, unsere Beziehung war bis zum Kinderwunschthema ein Traum, alles war doch eigentlich ganz gut, oder nicht? Wir könnten doch vielleicht auch ohne Kinder glücklich werden, oder nicht?"

Sie sprachen den ganzen Abend darüber, aber nicht so wie früher, sondern anders. Diesmal war Yvonne voller Akzeptanz und Annahme dessen, was nun einmal war. Patrick fiel ein großer Stein vom Herzen, welcher die letzten Monate seine Freude und seine Liebe unterdrückt hatte. Natürlich war er nicht froh darüber, nun doch eventuell kein Vater werden zu können. Aber für den Moment wollte auch er einfach nur noch, dass diese Tortur und dieser Druck endlich wieder aufhörten.

Sie beschlossen an diesem Abend gemeinsam, ihr Schicksal einfach anzunehmen und diesen Weg nicht weiter zu verfolgen. Keine Klinik mehr und endlich wieder Sex, wann und wie sie es gerne wollten, das klang einfach so herrlich, das musste einfach das Richtige sein! Noch an diesem Abend schliefen sie wieder miteinander, so wie sie es lange nicht getan hatten: Voller Liebe füreinander und voller Dankbarkeit für das, was sie schon hatten: Nämlich eine wundervolle Partnerschaft!

Die nächsten Wochen konzentrierten sie sich auf das, was sie alles als Geschenke in ihrem Leben bekommen hatten, und das war bei genauem Hinsehen schon erstaunlich viel: Beide hatten mühsam studiert und nun so tolle Jobs bekommen. Das

Schicksal hatte sie zusammengeführt und ihre Liebe war über die Jahre eigentlich nur noch stärker geworden – sie waren einfach ein ganz tolles Paar! Sie wohnten in einem schönen Ort am See, verstanden sich prima mit den Eltern, alle waren gesund und es gab noch viele, liebe Freunde.

Je mehr sie sich in den nächsten Wochen in Dankbarkeit übten, desto fröhlicher und entspannter wurden sie. Sie nahmen sich kleine Projekte vor, kauften sich eine Penthouse-Wohnung ganz nah am See und Patrick gönnte sich endlich sein lang ersehntes Cabrio. Sie reduzierten beide ihre Jobs auf 30-35 Stunden pro Woche, um mehr Zeit für sich zu haben. Beide waren wieder richtig glücklich und konnten den dringlichen Kinderwunsch fast vergessen, der zuvor ihr Leben so dunkel überschattet hatte. Beide entspannten sich und lebten zufrieden und glücklich bis an ihr Lebensende....

Nein, natürlich nicht!

Jahre später war Yvonnes Freundin hochschwanger und erwartete in den nächsten Tagen ein Kind. Das war natürlich nicht leicht für Yvonne, denn nach wie vor gab es ihr immer noch einen kleinen Stich ins Herz, wenn sie mit lachenden, kleinen Kindern oder schwangeren Frauen konfrontiert wurde.

Eines Tages rief Yvonnes Freundin an, keuchte und schrie, und man konnte kaum verstehen, was sie da sagen wollte: „Kommmmmmmm soooooofortttt her….. Baby………. -Sven in den USA……..auuuuuaaaaa….." Yvonne verstand und fuhr sofort zu ihrer Freundin, lud sie in ihr Auto ein und begleitete sie ab diesem Moment ungewollt die ganze Geburt hindurch – 22 quälende Stunden lang! Es war keine normale Geburt, es gab Komplikationen, viele Schmerzen und sehr viele Tränen. Am Ende gab es aber auch ein gesundes und wahnsinnig süßes Baby, welches friedlich in den Armen der Freundin schlief. Dann wachte es wieder auf und schrie. Als es endlich friedlich nuckelnd bei ihrer Freundin Ruhe gab, verzerrte nun die Freundin ihr Gesicht, weil diese nun Schmerzen vom starken Saugen des Babys ertragen musste.

Es folgten weitere Unannehmlichkeiten und Problemchen, das Übliche eben auf einer Neugeborenen-Station. Yvonne saß da und war auf einmal richtig froh, dass sie die Person neben dem Bett OHNE Kind war. Plötzlich wollte sie gar nicht mehr tauschen, wollte gar nicht mehr dies alles erleben, wollte aus tiefstem Herzen gar kein eigenes Baby mehr.

Sie gab ihrer Freundin einen Abschiedskuss und verließ fröhlich und befreit die Klinik. Es war noch früh am Tag und das Wochenende stand bevor, die Sonne schien und die Luft war warm. Yvonne und Patrick verbrachten daraufhin eines der schönsten Wochenenden seit vielen Jahren: Sie fuhren Cabrio, gingen mit Freunden lange aus, genossen die Ruhe, die Sonne und den Sex am

Morgen. Sie genossen ihre Freiheit und ihr Leben ohne Kinder, ohne auch nur daran denken zu müssen.

Zwei Monate nach diesem Wochenende und 5 Schwangerschaftstests später war es klar: Yvonne war schwanger – definitiv und unwiderruflich.

Sie weinten, sie freuten sich, sie waren verblüfft. Verunsichert über die neue Situation rechnete man alles durch, wieder und wieder. Die 30-Stunden-Wochen UND ein Baby, das konnte doch nicht funktionieren, oder? Und das Cabrio, das Penthouse, die Terrasse – brauchte ein Kind nicht andere Dinge? Dies alles hätten sie sich nie gegönnt, wenn sie sofort schwanger geworden wären, obwohl es alles ihre lang ersehnten Träume gewesen waren. Und jetzt?

Nach ein paar schlaflosen Nächten wurde ihnen wieder einmal klar, welche Geschenke sie da eigentlich erhalten hatten. Die Terrasse konnte „kindgerecht" umgebaut werden, der Park und der See vor der Tür würden den fehlenden Garten allemal ersetzen, sie konnten ihre Wohnung also im Grunde behalten. Das Cabrio konnte in ein größeres mit vier Sitzen getauscht werden und so mussten sie auf dieses herrliche Gefühl des Windes in den Haaren beim Autofahren auch nicht wieder verzichten. Ihre Eltern boten an, das Baby ganz oft zu betreuen, so könne Patrick weiterhin nur 35 Stunden arbeiten und Yvonne ganz schnell wieder mitverdienen – auch nur in Teilzeit. Man würde sich die Betreuung einfach teilen! Sie rechneten nochmals alles durch und stellten fest: Das könnte so passen, das könnte tatsächlich genau so funktionieren!

Vorsichtig fingen Yvonne und Patrick an, sich zu freuen. Konnte das wirklich wahr sein? War das Kind auch gesund? Hatten sie nun tatsächlich wirklich so vieles geschenkt bekommen – einfach nur dadurch, dass die Reihenfolge etwas vertauscht worden war vom Schicksal?

Jahre später stehen nun beide mit einem breiten Grinsen vor mir und strahlen das aus, was sie erleben durften: Dass ein Loslassen manchmal zum Ziel führt und dass man sich manchmal einfach nur leiten lassen darf, dass alles tatsächlich gut werden kann und auch gut werden darf. Allerdings so, wie man es selber nie zugelassen hätte. So, wie man aber auch von alleine nie darauf gekommen wäre. So, wie das Leben nun einmal spielt, auf wundersame Weise eben.

Sie bekamen übrigens ein Mädchen, es ist munter und gesund, lacht viel und Yvonne und Patrick sind immer noch ganz entspannt…….. ☺.

Dieter Leipold – vom drohenden Konkurs seiner Brauerei zum Welterfolg von Bionade

Von Krisen kann dieser Mann ein Lied singen. Und auch vom Erfolg – am Ende sogar vom ganzheitlichem Erfolg! Nicht nur, dass er heute mit seiner "Bionade" ein wirklich gesundes Getränk produziert, er verdient damit auch noch richtig viel Geld und verwirklichte mit diesem Projekt obendrein noch seinen ganz persönlichen beruflichen Traum.

1986 steht er allerdings noch sehr alleine da mit seiner Vorstellung von einer gesunden Limonade ohne viel Zucker. Ihn lässt die Idee nicht mehr los, eine biologisch wertvolle Limonade herzustellen. Denn obwohl Wellness, Bio- und Öko- Produkte überall Trend geworden sind, trinken ihm immer noch zu viele Kinder zu stark zuckerhaltige Getränke, alle meist völlig frei von wertvollen oder wirklich gesunden Inhaltsstoffen. Das ärgert ihn, sogar sehr.

In der heimischen Küche sowie in einem kleinen Nebenraum beginnt er zu experimentieren, knapp 10 Jahre (!) lang probiert und verwirft er immer neue Ideen für seine "Fanta ohne Chemie".

Und das, obwohl seine Brauerei immer wieder kurz vor der Insolvenz steht. Mehrfach stehen die Gerichtsvollzieher vor der Tür, und mehrfach werden die EC-Karten der Familienmitglieder von der örtlichen Bankfiliale eingezogen. Seine Brauerei macht Jahr für Jahr zunehmend Verluste, die Einnahmen reichen nicht mal mehr, um die Werksgebäude halbwegs in Schuss zu halten. Nur durch die Eröffnung einer Disko für die Jugend in einer brachliegenden Halle verkauft er sein Bier und hält sich und die Brauerei mehr schlecht als recht am Leben. Jeden Abend und jede Nacht steht er persönlich hinterm Tresen.

Er bleibt trotz allem bei seiner Idee, bei seinem Traum, gesunde Limonade nach dem Brauprinzip herzustellen – ohne, dass jedoch bei der biochemischen Reaktion Alkohol entstehen darf!

Er lässt sich nie entmutigen, lässt sich nicht unterkriegen von den Krisen, sondern kämpft weiter für seinen Traum, ob nachts in der Disko oder tags in der Küche.

Es folgen noch viele Rückschläge und ein harter Kampf mit den "Großen" der Branche, aber auch viel Unterstützung und Hilfe durch die Stiefsöhne und seine Frau. Durch all dies ging er hindurch und glaubte immer weiter an sich und sein Konzept. 1995 meldet er endlich das Patent für seine gesunde Bio-Limonade an, die Bionade:). Die Stiefsöhne helfen nun auch mit, gehen "Klinkenputzen" und versuchen, die neue Erfindung an den Markt zu bringen. Es dauert noch ein paar Jahre und es sind noch einige Hindernisse zu überwinden, einige Rückschläge einzustecken, bevor die Bionade endlich erfolgreich und überall bekannt wird. Mittlerweile avancierte sie zu einem absoluten "In" – Getränk, Dieter Leipold und seine Familie dürfen endlich ernten, was sie jahrelang hartnäckig und trotz – oder vielleicht sogar gerade wegen der Krisen gesät haben!

"Rückblickend sieht Peter Kowalsky, Stiefsohn von Dieter Leipold, die anfängliche finanzielle Misere als Glücksfall für Bionade: "Erst der Verbraucher macht aus einem Produkt eine starke Marke. Es war einfach kein Geld da, um durch Marketing vom Produkt abzulenken."

Ohne die wirtschaftliche Notlage des Familienunternehmens wäre die Innovation weder entwickelt noch am Markt durchgesetzt worden. "Man kann nur 100 Prozent geben", sagt Bionade – Chef Kowalsky, "wenn man unter Druck steht, sonst ist man einfach zu bequem. Die finanzielle Situation war ein Innovationsmotor, denn ein Produkt braucht 100 Prozent der Aufmerksamkeit.""

Die ganze Geschichte in ihrer langen und noch spannenderen Version kann man googlen oder nachlesen in Stephan Scholtissek´s Buch "Die Magie der Innovation". Dort finden sich noch viele weitere, sehr inspirierende Geschichten über Innovationen und deren erfolgreiche Umsetzung.

Angelika – schwierige Trennung und ein Happy End...

Eine Erfolgsstory, hätte man damals denken können, wenn man nur die Fakten betrachtet hätte: Hübsche, junge Krankenschwester heiratet attraktiven, erfolgreichen Mann. Kinder werden geboren, man wohnt in einem großen Haus in einer sehr guten Gegend. Aber wie schon so oft beim allsonntäglichen Tatort gesehen, so war es auch bei ihr: Schöne Fassade, schöner Schein, aber dahinter, da stimmte weniger als nichts.

Er heiratete Angelika, weil er sich überlegt hatte, dass er sie „sicherlich noch nach seinen Wünschen formen könne", so erzählte er ihr später einmal. Ihr mangelte es an Selbst-bewusstsein, sie war froh, einen „so tollen Mann" bekommen zu haben. Sie tat alles, was er von ihr verlangte, ließ sich „formen" und arbeitete die Listen ab, die sie von ihm bekam und die zu ihrer Verbesserung beitragen sollten. Er war zufrieden. Er war es gewohnt, zu bekommen, was er wollte – auch Frauen. Aber all das wusste sie lange Jahre nicht, sie ließ sich schlecht behandeln, fühlte sich weiter minderwertig an der Seite dieses „tollen Mannes" und tat weiterhin alles, um ihm zu gefallen. Ihr Glück fand sie in der Erziehung ihrer wundervollen Kinder, die sich prächtig entwickelten und ihr viel Freude bereiteten.

Bis eines Tages dann das Unvermeidliche eintraf.

„Wenn man diese Geschichten im Film sieht, dann denkt man immer, so etwas gibt es doch nicht in Wirklichkeit", erzählt sie über den Anfang vom Ende. „Mein damaliger Mann und ich gingen zum Essen und trafen dort schicksalhaft auf seine Affäre. All der aufgestaute Frust der letzten Jahre platzte an diesem Abend aus ihr heraus und hinterließ tiefe Wunden in meinem und in ihrem Herzen. Sie blaffte ihn an, er habe doch angeblich nichts mehr mit seiner Frau zu tun, wolle sich doch trennen und bliebe doch nur bei ihr, weil sie so krank sei. Und nun dieses harmonische Bild hier im Restaurant, das passe doch einfach alles nicht zusammen!"

Man schrie ein wenig herum und letztendlich wurde beiden Frauen an diesem Abend auf schmerzhafte Weise bewusst, wie die dunkle Wahrheit hinter der glänzenden Fassade aussah.

Angelika befand sich zunächst in einem Schock-Zustand, sie wollte und konnte das nicht glauben. Sie hatte doch immer alles getan, was er von ihr verlangt hatte, wieso war das immer noch nicht genug gewesen?

Es folgten viele Tränen, viel reden und schließlich ein Neuanfang. Ihr Mann log weiter, sie wusste weiter nichts davon und glaubte ihm – alles wie gehabt, und doch alles anders. Selbst in der Paartherapie log er die Therapeutin an. Und während Angelika dachte, sie hätten es „geschafft", sie hätten ihre Ehe gerettet, erneuert, verbessert, hatte er schon wieder eine neue Freundin.

Es folgten neue Entdeckungen über neue Affären, alte Wunden wurden wieder aufgerissen, und neue Tränen wurden geweint.

Irgendwann sagte sie sich: „Wenn ich hier bleibe, gehe ich drauf, gehe ich kaputt." Nur wie, wie schafft man den Absprung, wenn man liebt, dass es weh tut, wenn man Kinder hat und keine finanzielle Sicherheit? Mit dem Gehalt einer Krankenschwester bringt man die Kinder nicht durch Schule und Studium, und der Anteil vom Haus abzüglich der Schulden würde schnell aufgebraucht sein.

Sie entschloss sich, die Sicherheit der Ehe zu nutzen und eine Ausbildung zu absolvieren, als „Absicherung", als Sprungbrett. Jeden Tag, den sie zu ihrer Heilpraktiker-Ausbildung fuhr, wurde sie ein bisschen stärker, ein bisschen mutiger, ein bisschen selbstständiger. Und obwohl ihre Ehe und die Hinweise auf die Affären ihres Mannes ihren Alltag bestimmten, ihre Kinder sie brauchten und sie sich abends oft in den Schlaf weinte, obwohl oder gerade deshalb, ging sie weiter Schritt für Schritt nach vorn. Ihr Anker war die Prüfung, ihre Insel die Ausbildung. Sie wusste, wenn sie die Prüfung bestehen konnte, dann würde sie es auch schaffen zu gehen. Diesen Mann und diese unglückliche Ehe zu verlassen, den Mut und die Kraft für diesen Schritt zu finden, das war ihr Ziel.

Es war eine harte Zeit, Krisen sind einfach alles andere als leicht und niemand sagt freiwillig: „Ok, her mit der Krise, ich will ein besseres Leben und gehe mal 6 Jahre durch den eiskalten Wind."

Manchmal fühlte sie sich wie im Nebel, Zukunfts-ängste, Existenzängste und Versagensängste lagen morgens neben ihr im Bett und krochen allabend-lich unter ihre Decke, verfolgten sie bis in ihre Welt der Träume.

Die Kinder wurden bekocht, der Alltag erledigt, aber es gab viele Tage, an denen sie am liebsten nicht aufstehen wollte, alles vergessen, endlich wieder das alte Leben zurück haben wollte. Zu-rück zu dem vermeintlichen Frieden und der Fas-sade, hinter der dann doch nichts stimmte. Aber manchmal lockte die Sicherheit der heilen Fassade, manchmal war sie einfach nur erschöpft von den Aufräumarbeiten dahinter, da, wo nichts heil und in Ordnung war. Manchmal war sie kurz davor, bei ihrem untreuen Mann zu bleiben und einfach nur die Augen zu schließen.

Doch sie gab nicht auf, machte weiter. Sie ging zu einer Therapeutin und las viele Bücher, Le-benshilfe-Bücher, psychologische Bücher, Mut-Mach-Bücher (Buchempfehlungen von Angelika am Ende der Geschichte).

„Arbeiten Sie an ihren Zielen und visualisieren Sie sich das gewünschte Ergebnis so, als wäre es bereits geschehen", hieß es unter anderem. Und so gehörte es bald zu ihrem täglichen Ritual, dass sie für kurze Zeit ihre Augen schloss und sich vor-stellte, wie sie ihre Prüfung bestehen würde, wie die Scheidung gut verlief, wie sie es schaffte, sich von ihrem Mann zu lösen und trotzdem die Kin-der gut ins Leben bringen würde.

Natürlich „büffelte" sie auch, sie lernte fleißig und ging in die Prüfung fast mit der Gewissheit, dass sie hier und heute „Hilfe von oben" bekam.

Und damit begann die Kette der Wunder, die Angelika in ihr Leben zog. Als Einzige von 8 Prüflingen bestand sie die Prüfung – kein Witz!

Sie wusste, nun war endlich der Zeitpunkt gekommen, zu gehen. Sie wusste, nun war sie stark genug! Die bestandene Prüfung war ihre neue Rüstung, ihr Segel im Boot auf dem Weg zu einer neuen Insel. Eine Woche nach dem Prüfungstermin war der Umzug beschlossen, der Mietvertrag für die neue Wohnung unterschrieben, Zwei Monate später stand der Umzugswagen vor der Tür.

Natürlich war sie traurig, um ihre Ehe, um den Verlust des Mannes, den sie einmal sehr geliebt hatte. Aber sie war auch glücklich, endlich stärker, selbstbewusster, endlich unabhängig! Ihr Mann hatte ihr vorgeschlagen, doch alles beim Alten zu lassen. Ihm gefiel das Leben zusammen mit seiner Frau, den Kindern **und** einer Freundin.

Nun endlich konnte sie sagen: „Nein, so nicht, mit mir nicht. Ich möchte einen Mann, der treu ist, der mich liebt, so wie ich bin. Als die Angelika mit allen Stärken und Schwächen, die ich nun einmal bin und vor allem möchte ich die Einzige sein im Leben meines Mannes – so wie er auch der Einzige und Richtige für mich sein sollte. Da du dieser Mann nicht bist, gehe ich!"

Sie zog in eine wunderschöne Wohnung und fand dank ihrer alten und neuen Ausbildung einen sehr guten neuen Job. Sie lernte verschiedene Männer kennen und nach einiger Zeit und ein paar „Übungsmännern" war dann auch der Richtige dabei. Der Mann, der sie so liebt, wie sie ist – heute noch ☺. Der Mann, mit dem sie eine Partnerschaft erlebte, die sie zuvor so und in dieser Form noch nie erlebt hatte, so intensiv, so schön, so viele Gefühle, so wundervoll! „Ich wusste gar nicht, dass es so etwas gibt! Ich dachte immer, so unbefriedigend und leer wie meine erste Ehe war, so sei das eben normal!"

Und mit Hilfe der Methoden, die sie sich in ihrer Krise angeeignet hatte, bewältigte sie nun auch die folgenden Herausforderungen. U.a. galt es nun noch, den Unterhalt gut zu verhandeln. Ihr Mann hatte sich selbstständig gemacht und sein Gehalt war dadurch nicht mehr klar zu definieren – für ihn ein deutlicher Vorteil. Es war sehr unklar, ob sie ausreichend Geld bekommen würde, oder neben der Erziehung ihrer drei Kinder doch bald Vollzeit arbeiten musste. Also machte sie täglich ihre Pausen und visualisierte sich ein Bild von sich, wie sie aus dem Gerichtssaal gehen würde, die Hände voller Dankbarkeit aneinander gelegt und sagen würde: „Es ist optimal gelaufen, danke!" Und da das Visualisieren alleine nicht hilft, investierte sie in eine der besten Anwältinnen vor Ort.

Und was geschah? Am Tag der Gerichtsverhandlung war der Anwalt ihres Ex-Mannes krank und es trat ein unkundiger Neuling in den Gerichtssaal. Angelikas Anwältin leitete quasi die Verhandlung und sagte der gegnerischen Partei sowie der Richterin, was zu tun sei. Alle stimmten zu, Angelika bekam, was ihr zustand! Sie verließ den Gerichtssaal genau so, wie sie es sich immer wieder vorher visualisiert hatte: Die Hände aneinander gelegt, das Herz übervoll mit Dankbarkeit und ihr Mund die Worte formend: „Es ist optimal gelaufen, danke!"

Auf die gleiche Weise ging es beruflich weiter, und nach einigen Jahren bekam sie durch einen „Zufall" (auch wieder vorher visualisiert) ein neues, wunderschönes Haus zur Miete angeboten, in welches sie daraufhin gemeinsam mit ihrem neuen Partner einzogen. Dieses Haus wurde neu gebaut und so konnten sie sogar bei der Auswahl der Bodenbeläge oder der Größe der Fenster noch mitbestimmen. Alles lief mehr und mehr nach Wunsch.

Auch ihre Kinder gehen alle ihren Weg, sie studieren oder arbeiten bereits in sehr guten Jobs, die sie lieben. Es sind wirkliche Prachtexemplare, wenn ich das hier einmal so sagen darf ☺

Und was bleibt, ist die Gewissheit, dass ihr erster Mann nicht gut für sie war. Wer Sätze wie: „Ich brauche das Jagen, eine Frau allein wird auf die Dauer langweilig" ernsthaft ausspricht, den möchte man wirklich nicht an seiner Seite sehen. Auch wenn das Haus noch so schön ist und die Sicherheit noch so einfach erscheint, dieser Preis ist zu hoch!

Heute sagt sie zufrieden: „Ich lebe in einer Beziehung, die viel mehr mir entspricht, ich kann mehr so sein, wie ich bin. Habe mich immer verbogen, und jetzt habe ich endlich einen Mann, der mich so nimmt, wie ich bin, der das aus mir herausholt, was ich sein möchte. Auch hätte ich mich nie beruflich so entwickelt, wie ich es seitdem tue. Aber ich dachte wirklich, ich könne so etwas nicht. Nun weiß ich erst, was in mir steckt. Ich bin heute gar nicht mehr abhängig, so wie damals, als ich mich als Hausfrau kleingemacht habe, das bin ich jetzt nicht mehr. Jetzt bin ich neu, stark und lebe genau das Leben, welches ich wirklich leben will."

Heute kann sie liebevoll zurückschauen auf die Jahre, die sie mit ihrem Mann und damals noch kleinen Kindern verbrachte. Vieles war gut und für Vieles ist sie sehr dankbar. Es gab viele gute Tage, sehr schöne Urlaube und vor allem die wundervollen Kinder!

Sagt sie „Danke liebe Krise" – nein, aber sie sagt „danke für mein neues, wundervolles Leben, danke für meine neue, bessere Beziehung!" – ja, das sagt sie ☺.

Buchempfehlungen von Angelika:

„Warum die nettesten Männer die schrecklichsten Frauen haben ... und die netten Frauen leer ausgehen", von Argov, Sherry

„Tu dir gut!: Das Wohlfühlbuch für Frauen" von Jennifer Louden

"Klopfen Sie sich frei! M.E.T.- Meridiane Energie Technik" von Rainer Franke und Ingrid Schlieske

Fabian Joas – Doktorarbeit trotz Legasthenie

Fabian Joas ist Legastheniker, er kann einfach nicht richtig schreiben. Trotzdem bestand er sein Abitur, verfügt mittlerweile über ein abgeschlossenes Studium und schrieb 2011 gerade an seiner Doktorarbeit. Der Bericht über ihn bei Galileo auf Pro7 hat mich so berührt und motiviert, dass ich ihn hier zusammenfassend wiedergeben möchte. Fabian ist ein Vorbild für alle, die sich nicht von Einschränkungen begrenzen lassen, sondern trotzdem weiter ihren Weg gehen. Natürlich hatte er Glück, dass er von seiner Mutter vorbehaltlose Unterstützung erhielt. Trotzdem, lesen sie selbst, wie er sein Leben meistert:

(Bericht gesehen bei Galileo, 30.08.2011, als App „Galileo Video Lexikon" erhältlich oder:
http://www.prosieben.de/tv/galileo/videos/mein-leben-als-legastheniker-clip)

„Am Beispiel von Fabian kann man sehen, dass Intelligenz mit einer Leseschwäche nichts zu tun haben muss. Das jemand trotz starker Einschränkungen sein Abitur bewältigt, ein Studium beendet und sogar seine Doktorarbeit schreibt.

Man kann staunen und sich darüber freuen, was aus einem Kind werden kann, welches in seiner ganzen Schulzeit nie eine 1, 2 oder 3 in Deutsch geschrieben hat, noch nicht mal eine 4 oder 5 schaffte er, es gab immer nur eine 6.- Ein kleiner

Junge, der von seinen Mitschülern gehänselt wurde, weil er so langsam und grausam schlecht las. Selbst pädagogisch ausgebildete Lehrer fanden kein Verständnis und kommentierten lediglich „Aber das kannst Du doch besser", und lasen seine Fehler der ganzen Klasse zur allgemeinen Belustigung vor."

Aber wie geht das nun? Wie wird aus einem vermeintlich dummen Kind, das laut Gymnasiallehrern „einfach nicht hier hin gehört" ein Doktorand? Ein selbstbewusster, junger und gut aussehender Mann, der sein Leben erfolgreich meistert, ohne richtig lesen und schreiben zu können. Ein ehemals trauriger, schmächtiger Junge, der immer der Kleinste in seiner Klasse war und der sagt: „Hätte ich wenigstens einmal eine 5 geschafft, dann wäre ich schon mit breiten Schultern heimgekommen." Wie schaffte er das, wie wurde er stark, positiv und erfolgreich?

Zunächst einmal hatte er einen sehr guten, besten Freund. Der unterstützte ihn die gesamte Schulzeit über, stand hinter ihm und hielt ihn nicht für dumm, wie die anderen. Einmal stand ein Vorlesewettbewerb an, dessen Teilnahme Pflicht war. Für Fabian rückblickend ein schwer traumatisches Ereignis, alle kicherten und lachten. Der Lehrer erlöste ihn nicht, Fabian musste die halbe Stunde vorstottern um anschließend offiziell seine 6 empfangen zu dürfen. Sein Freund lachte nicht mit, er stand zu ihm und tröstete ihn in der Pause. Immer wieder.

Aber nicht nur mit seinem Freund hatte Fabian Glück im Unglück. Seine Mutter ist Kinder- und Jugendärztin und lies sich von den Lehrern und den Stimmen anderer nicht einschüchtern. Beruflich bedingt verschaffte sie sich Zugang zu Fachliteratur, informierte sich, las sich ein in dieses Thema. Denn ansonsten, damals vor 20 Jahren, ohne Internet und ohne Testungen, wie es sie heute gibt, hätte auch sie leicht an dieser Aufgabe verzweifeln können. Denn, egal wie lange und oft sie mit ihm übte, jedes Diktat blieb ein Fiasko. Dadurch breiteten sich oft Wut und Enttäuschung aus, aber sie ließ sich nicht unterkriegen!

Die wichtigste Grundvoraussetzung, die wichtigste Regel allerdings beachtete sie, bewusst oder unbewusst: „Wir wussten immer, dass er nicht doof ist", sagt sie heute über die Schulzeit. Sie stand zu 100% hinter ihm, statt ihn ebenfalls abzuwerten, lächerlich zu machen oder in Versagerschubladen zu stecken. Sie wusste, diese Schwäche ist nur eine Seite von ihm und alles andere ist wundervoll, schlau und förderungswürdig. Sie kämpfte für ihn, und ohne sie wäre der heutige Doktorand auf einer Sonderschule gelandet – laut Empfehlung der Lehrer. Dank der Fachinformationen erwirkte sie den sogenannten Legasthenie-Erlass für Fabian, er durfte das Gymnasium besuchen. Er wurde durch individuelle Therapien gefördert, bekam in den Prüfungen zusätzliche Zeit, und die Rechtschreibfehler wirkten sich nicht auf seine Note aus.

„Die Lehrer wussten, sie haben eine Kampf-mama vor sich. Also probierten wir es", sagt seine Mutter in dem Film „Mein Leben als Legastheni-ker" bei Galileo. „Dass er dumm sei, so etwas brauchten sie bei mir gar nicht zu sagen, sonst gab es Ärger", sind nur einige der warmen, vorbehalt-los unterstützenden Worte der Mutter. Heute hat sie sich in ihrer Praxis auf Legasthenie spezialisiert und hilft Hunderten anderer Betroffener.

Fabian jedoch konnte sich dank dieser Rücken-deckung auf seine Stärken konzentrieren, kämpfte sich durch die Schule und meißelte eine Abschluss-zensur von 2,5 in sein Abiturzeugnis. Der Junge, der früher mit Abstand der Schlechteste in seiner Klasse war, begann nun ein Studium der VWL und Politik. Heute liegt auch das Studium als „erfolgreich abge-schlossen" hinter ihm und er arbeitet als wissen-schaftlicher Mitarbeiter an der Universität, schreibt aktuell an seiner Doktorarbeit!

Wie gut, dass er nicht auf seine Lehrer gehört hat, die Legasthenie für eine Ausrede hielten, um nicht lernen zu müssen. Heute kann er darüber lachen, er hat sich ein dickes Fell zugelegt, sein erfolgreicher Abschluss in VWL und Politik geben ihm das entsprechende Rückgrat.

Sein Freund sagt, der Schlüssel bei Fabian läge im positiven Umgang mit seiner Legasthenie, er könne sich selbst so herrlich auf den Arm nehmen, z.B. mit Witzen über Buchstabensuppe.

Aber nur durch gute Freunde und eine kämpfe-rische Mutter, die hinter ihm stand, schafft man als

Legastheniker nicht diesen Weg. Fabian entwickelte mit den Jahren Strategien, um sein Leben und seinen Alltag zu meistern. Denn, was wir im Vorübergehen erledigen, kostet ihn deutlich mehr Zeit. Er muss sich regelrecht Lesezeit einplanen für Straßenschilder, U-Bahn-Pläne oder Autobahntafeln. Er weiß das und plant Pufferzeiten ein. „Lieber nehme ich eine U-Bahn später, als dass ich am falschen Ende der Stadt ankomme, was schon passiert ist", erklärt er. Oder er schaut bei der Ankunftstafel der Züge nur nach dem ersten Buchstaben, damit er nicht zu viel Zeit damit verbringen muss, jeden Städtenamen zu lesen.

Aber er findet noch ein Rezept gegen Legasthenie: die moderne Technik.

Ein Computerprogramm liest ihm seine geschriebenen Texte vor rund korrigiert sie, damit er sicher sein kann, dass das geschriebene auch Sinn macht. „Mit diesem Programm kann ich alles kompensieren, ich kommuniziere im Job komplett digital. Die wenigsten wissen, dass ich Legastheniker bin. Sie merken es einfach nicht, denn dank dieser Technik mache ich fast keine Fehler mehr."

Die Bücher, die er für seine Doktorarbeit lesen muss, fotografiert er ab und lässt sie sich von einem speziellen Programm vorlesen. Läse er sie selber, würde er maximal 2-3 Seiten am Stück schaffen, danach wäre er erschöpft und brauchte eine lange Pause.

Mittlerweile hat er ein so trainiertes Gehör, dass er sich alles mindestens in doppelter Geschwindigkeit vorlesen lassen kann. „Ich habe das Schnellhören in Jahren trainiert, ich höre schneller als die meisten Leute lesen können", sagt er von sich. Er kann die Hörgeschwindigkeit notfalls sogar auf das Fünffache (!) steigern und versteht immer noch jedes Wort.

Dank dieser Mischung aus Hightech und den erlernten Strategien kann er mittlerweile relativ souverän seinen Alltag meistern.

Fabian wünscht sich besser informierte Lehrer, die Schwächen einfach akzeptieren und die betroffenen Kinder dabei unterstützen, ihr Ziel zu erreichen, auch mit Handicap. Denn nur so wurde aus Fabian der, der er jetzt ist: Einer von über 6 Millionen Legasthenikern in Deutschland, der beweist, dass man trotzdem seinen Weg gehen kann!

Nicole – Ängste, Panikattacken und ein gutes Ende

Nicoles Leben war richtig gut. Sie war glücklich verheiratet, hatte einen sicheren und guten Job und wohnte mit ihrem Mann ganz in der Nähe ihrer „alten" Familie. Schließlich bekam sie noch einen kleinen Sohn und konnte sagen: „Ja, mein Leben ist gut, alles verläuft wunschgemäß."

Bis zu dem Tag, an dem die Ängste kamen.

Nicoles Mann hatte zu diesem Zeitpunkt einen neuen Job begonnen, vielversprechend, mehr Gehalt, nur leider sehr weit weg – zu weit weg. Viele Kilometer trennten ihn und seine kleine Familie von montags bis freitags. Alles war unklar, würden sie eine Fernbeziehung führen, würde Nicole mit dem Sohn zu ihrem Mann ziehen, würde der neue Job überhaupt der Richtige sein?

In dieser Situation begann sie mit einer sogenannten „Hypnosensibilisierungstherapie" gegen ihre Allergien. Eines Tages, auf der Rückfahrt im Auto nach einer Therapiestunde, bekam sie plötzlich und unerwartet ihre erste Panikattacke. Natürlich verstand sie das zunächst nicht, sie fühlte es aber dafür umso deutlicher: Ihr Herz begann zu rasen, ihre Beine kribbelten stark und unangenehm, sie hyperventilierte leicht, ein Beklemmungsgefühl und ein Gefühl der Enge überkamen sie und heftige Atemnot lösten immer größere Panik in ihr aus. „Was ist das denn?", fragte sie sich innerlich.

Nach einer Weile beruhigte sie sich wieder und schaffte es nach Hause, aber dies war der Beginn ihrer Angstspirale.

Fortan wiederholten sich ähnliche Situationen immer wieder, Beklemmungen, Ängste und das Gefühl, keine Luft mehr zu bekommen traten immer öfter auf. Leicht, aber doch bereits sehr störend.

Ein paar Wochen danach überkam sie ihre erste Panikattacke mitten in der Nacht in ihrem Bett. Sie war alleine mit ihrem kleinen Sohn, riss die Fenster auf und stand da, schweißgebadet und mit starkem Herzrasen, Schwindel und Atemnot. Sie fühlte sich wie kurz vor der Ohnmacht. Nach Stunden schaffte sie es irgendwie endlich einzuschlafen, doch das Problem war nun endgültig nicht mehr weg zu reden, im Gegenteil, es wurde größer und stärker und krabbelte in ihr Haus und in ihr Leben.

Am nächsten Tag ging sie zum Hausarzt, der diagnostizierte „Panikattacken". Organische Gründe wurden ausgeschlossen, die Ursache sei rein psychisch, meinte er.

„Testen Sie doch verschiedene Atemübungen oder atmen sie in eine Tüte, und beruhigen sie sich dann einfach wieder bei der nächsten akuten Panikattacke", riet er ihr und entließ sie mit diesen Worten.

„Ja genau, ruhig bleiben, das sagte sich so leicht, aber wie denn?", fragte sich Nicole innerlich.

Die Angst vor dem Alleinsein war nun allgegenwärtig, die Angst vor der nächsten Panikattacke, der Atemnot und den Beklemmungen schlich sich in ihren Kopf wie die Spinnen im Herbst in den Keller. Teilweise war es so schlimm, dass sie nachts ihre Mutter anrief, die dann zu ihr kam und bei ihr im Bett übernachtete.

Zu den ja ohnehin schon sehr belastenden Panikattacken kamen nun noch Gedanken der Selbstabwertung und eine depressive Verstimmung hinzu: „Wieso schaffe ich das nicht, was ist los mit mir, ist doch alles nicht so wild, oder?", drehte sich in ihrem Kopf das Gedankenkarussell. Sie hatte keine Erklärung dafür und was noch viel Schlimmer war: Sie hatte keine Ahnung, ob und wann die Panikattacken wieder verschwinden würden.

Im Sommerurlaub wurde dann klar: So ging es nicht weiter. Nicole hatte panische Angst davor, bald wieder mit ihrem kleinen Sohn während der Woche alleine sein zu müssen und weitere Panikattacken erleben zu müssen. Die Angst, keine Luft mehr zu bekommen oder vielleicht ohnmächtig zu werden war mittlerweile für sie unerträglich geworden.

Gemeinsam überlegten sie, ob nicht ein Umzug in die neue Stadt zu ihrem Mann die Lösung sein könnte – vielleicht würden dort die Panikattacken nachlassen, wenn sie nachts nicht mehr alleine war, allein verantwortlich für den kleinen Sohn. Sie beschlossen, es zu versuchen und begannen sehr schnell mit der Organisation des Umzuges.

Bis zu diesem Tag bezeichnet sie selbst diese Zeit als die schwierigste in ihrem Leben. „Man kann sich das nicht vorstellen, wenn man es nicht selber einmal erlebt hat. Immer diese Angst, ohnmächtig zu werden, keine Luft mehr zu bekommen, nicht zu funktionieren – und was ist dann mit dem kleinen Sohn?"

Sie beschloss zusammen mit ihrem Hausarzt, dass Tabletten ihr über die schlimmste Zeit hinweg helfen sollten – bis zum Umzug. Als Übergangslösung konnte sie damit leben, es half auch tatsächlich sehr gut. Aber ohne die wäre die Situation unerträglich geworden, sagt sie heute.

Nicole fragt sich heute, wo sie in dieser Situation überhaupt die Kraft hernahm, den Umzug und die Versorgung des kleinen Sohnes zu bewältigen. Aber sie schaffte es, alles funktionierte irgendwie, sie funktionierte. Mit Hilfe der Tabletten und der Familie saß sie nun ein paar Wochen später im neuen Heim in der neuen Heimat. Nun kam ihr Mann abends nach Hause – sie war nicht mehr allein. Aber ihre Familie, ihre Freunde, all das war nun auch nicht mehr da.

Entgegen ihrer Hoffnung wurde die Situation nach dem Umzug zunächst noch schlimmer.

Essen gehen, ins Kino gehen oder Einkaufen wurde zum Problem, alleine ging das alles nicht mehr. Eine schwere Lungenentzündung untermalte die Unglückskette. Kurzum, es ging ihr sehr schlecht, so schlecht wie noch nie in ihrem Leben.

Sie versorgte irgendwie ihren Sohn, verbrachte aber auch Stunden im Bett und weinte einfach nur, Hoffnungslosigkeit breitete sich in ihr aus.

„Ich dachte, was mache ich nur, wie soll das werden, was, wenn es nie wieder weg geht? Wie schaffe ich das nur, wie?"

Ein Neurologe konnte nicht helfen, es gab nur weitere oder andere Medikamente. Es dauerte noch eine Weile, weitere Wochen der Angst und Hoffnungslosigkeit, bis endlich die richtige Hilfe anklopfte.

„Ich hatte Glück im Unglück, ich fand einen ganz tollen Hausarzt, und ab da ging es endlich wieder bergauf."

Durch die Lungenentzündung bekam sie eine Haushaltshilfe und dadurch zunächst Entlastung. Die Frau des Hausarztes war Psychotherapeutin, Nicole rief dort an und bekam sehr schnell einen Termin – ihr Mann hatte ihr von der schwierigen Situation berichtet und er wusste: Nicole war wirklich in Not und brauchte dringend Hilfe.

Der Hausarzt und seine Frau bildeten in den kommenden Wochen das Gerüst zur Renovierung der Seele von Nicole. Die Chemie stimmte, der Therapieplatz war da, es gab endlich wirkliche Aussicht auf langfristige Besserung.

Nach kurzer Zeit bereits konnte Nicole die Tabletten vom Neurologen absetzen, die Therapeutin unterstütze die Psychotherapie mit bestimmten Tropfen, die zum Schlaf halfen. Eigenständig dosiert halfen sie ihr durch die schwere Anfangszeit ohne Medikamente und ohne Freunde in der fremden Stadt, immer mit der Angst vor der nächsten Panikattacke im Nacken.

Nach und nach wurde Nicole wieder stabiler, die Panikattacken wurden schwächer und die depressiven Verstimmungen nahmen ebenfalls ab – es war fast zu schön um wahr zu sein!

„Für mich war es auch nicht schön, Tabletten oder Tropfen nehmen zu müssen. Jedoch erklärten mir der Hausarzt und die Therapeutin, dass dies ergänzend zu einer Therapie oft sinnvoll sei, um zunächst die Symptome zu mildern und somit gut arbeiten zu können. Wer kann schon gezielt an sich arbeiten, wenn er voller Ängste, Panik und völlig übermüdet ist?", erklärte Nicole das später einmal.

Parallel dazu buchte sie sich ein Wochenendseminar von der Familienbildungsstätte zum Erlernen von Entspannungstechniken. Sie lernte dort eine Gesundheitspädagogin kennen, die Frauenvormittage, sogenannte „Wohlfühlvormittage" organisierte. Dort wurden verschiedene Dinge angeboten, Chi Gong, entspannte Spaziergänge, Fußreflexzonen-Massage und die Entspannungstechniken nach Jacobsen, um nur die Wichtigsten zu nennen, die Nicole halfen, ihre Panikattacken zu reduzieren.

Einen großen Erfolg erlebte Nicole fast unmittelbar nach diesem Wochenende, als sie im Auto wieder eine Panikattacke in sich aufkeimen spürte. Sie versuchte es einfach, sie wandte die Techniken der progressiven Muskelentspannung an und konnte damit tatsächlich die Panikattacke stoppen, den Kreislauf unterbrechen, die Atmung und die

Angst unter Kontrolle bringen. Sie war natürlich sehr glücklich und sehr stolz, alles lief endlich in die richtige Richtung.

Außerdem arbeitete sie aktiv daran, Kontakte zu knüpfen, denn nichts ist besser, als eine Freundin in der Not. Sie kandidierte bewusst für das Amt der Elternsprecherin, wurde gewählt und fand bald immer mehr neue Freunde.

Insgesamt ging die ganze Geschichte über Jahre, mit Höhen und Tiefen. Aber die ganz schlimmen Panikattacken, die, die sie damals vor und nach dem Umzug erleben musste, die kamen so nie wieder.

Nach vielen Jahren wurde sie belohnt für ihre Mühe, die Arbeit gegen die Ängste und die Arbeit mit dem Sohn: Es ging zurück in ihren Heimatort! Ihr Mann hatte ein Angebot von einer Firma aus ihrer alten Heimat bekommen und alle waren glücklich, zum Schuljahreswechsel wieder zurück zur Familie und zu ihren alten Freunden ziehen zu dürfen.

„Ich kam gestärkt zurück, selbstbewusster und sehr stolz, alles so bewältigt zu haben", sagt sie über sich zum Zeitpunkt ihrer Rückkehr. Die Jahre fern der Heimat waren Lehrjahre gewesen, und nun durfte sie ernten!

Die Therapie gegen die Panikattacken und all die Methoden, die sie zur Entspannung und gegen die Ängste gelernt hatte, die kamen ihr aber nun auch in anderen Bereichen zu Gute. Endlich konnte sie zum Beispiel mit ihrem Mann und ihrem

Sohn in den Urlaub fliegen – was vorher aufgrund von zu starker Flugangst einfach nicht möglich gewesen war.

Und, ist jetzt alles gut? Hat sie gar keine Probleme mehr? Wie geht es ihr heute, so viele Jahre nach der ersten Panikattacke?

Nicole sagt von sich, dass sie sich sehr glücklich schätzen kann. Sie wohnt in einem großen und sehr charmanten Haus, die Ehe wurde durch die Krise gestärkt und gefestigt. Es vergehen viele, glückliche Stunden im Haus und mit der Familie.

Aber natürlich sind nicht alle Probleme verschwunden. Der Sohn fordert viel Aufmerksamkeit für die Schule und dort läuft es oftmals alles andere als rund. Der Wiedereinstieg in den Beruf stellte eine Herausforderung dar, und hin und wieder treten auch leichte Ängste auf.

Aber heute weiß sie ja, Ängste dürfen sein und sie können einfach immer mal wieder in Ansätzen auftreten. Heute hat sie gelernt, ruhig zu bleiben, zu vertrauen und zu wissen, wie sie mit ihren Ängsten umgehen kann.

Sie hat den „Notfallkoffer" ihrer Therapeutin, nämlich dass man sich, bevor eine Panikattacke tatsächlich auftritt schon überlegt, was man tun kann, wenn die Angst dann kommt. Alles, was einem helfen könnte, packt man dort hinein und überlegt sich auch vorher schon die Reihenfolge, in der man vorgehen will. Sie hat viele weitere Techniken gelernt, mit den Angstanflügen klar zu kommen und sie hat gelernt, sich nicht dafür abzuwerten, dass sie Ängste hat, sondern dass es eben so ist.

Und so kann sie heute zufrieden ihr Leben verbringen, ohne Panikattacken und ohne Medikamente. Sie lebt wieder ein normales Leben, ein gutes Leben und hat diese schlimme Zeit überwunden, sie hat wirksame Techniken gefunden und gelernt, auf die sie immer wieder zurückgreifen kann.

Natürlich gibt es manchmal Krach zu Hause, mit dem Mann oder wegen der Schule, und natürlich ist nicht immer alles super. Aber dieses wunderschöne Haus, der gute Job, das Motorrad und die Katzen, die Freunde und die Familie, all das ist es, worauf sie sich konzentriert und sich dann darüber freut, dass die Panikattacken nun der Vergangenheit angehören.

Opa Paul – vom Rauswurf aus dem eigenen Haus zum Glück

Opa Paul lebte seit vielen, vielen Jahren mit einer gütigen und sehr liebevollen Frau zusammen, er war mittlerweile schon recht alt und seine Frau hatte sogar eine kleine Urenkelin. Die kam immer mal zu Besuch und gemeinsam wurden dann die neuen Küken bestaunt und auch schon mal im Kindergarten herumgezeigt. Der Gemüsegarten und die Tiere waren sein ein und alles, er liebte seine Frau schon sehr lange, er liebte sein Heim und mochte dort den Herbst seines Lebens genießen – ganz einfach.

Seiner Frau jedoch ging es schon länger gesundheitlich nicht so gut, er pflegte sie liebevoll, manchmal aber wurde ihm alles zu viel, das Haus, der Garten und die Pflege der Frau. Dann starb die Frau und neben der tiefen Trauer tauchten ganz unerwartete Probleme auf, die ihn in eine große und schlimme Krise hinein katapultieren.

Die Tochter seiner Frau war nicht sein leibliches Kind – und das bekam er nun auf ganz neue Art und Weise zu spüren. Sie wohnte auch in dem Haus und startete einen schlimmen Erbstreit – sie wollte das Haus sowie das Grundstück ganz für sich allein.

„Er war ja sowieso nur ein besserer Hausmeister, meine Mutter hat ihn ja eh nie geliebt", war einer der vielen, verletzenden Sprüche der Tochter.

War das gerecht? Natürlich nicht! Er hatte damals seine nun verstorbene Frau geheiratet, obwohl sie ein Kind von einem anderen Mann erwartete. Dieser war über alle Berge verschwunden, zurück nach England, und tauchte auch nie wieder auf. Paul kümmerte sich Jahre um Jahre um die Tochter, die Enkelkinder und nun auch um die Urenkelin. Und da, mitten in der tiefen Trauer, kam die uneheliche Tochter, schimpfte, zeterte und fing einen Krieg an um Haus und Grund.

Er war alt und müde und wurde krank. Seine Enkelin und ihr Mann machten kurzen Prozess, sie nahmen ihn bei sich auf und suchten gemeinsam und in Ruhe eine neue Bleibe. Sie klagten für ihn seinen Anteil am Vermögen ein und halfen, seine Tiere und seine wichtigsten Habseligkeiten in Sicherheit zu bringen. Mit der Tochter redete fortan niemand mehr – sie blieb allein zurück im großen Haus.

Schließlich wurden sie fündig, es fand sich ein freies Appartement in einer Wohnanlage, bei welcher betreutes Wohnen – speziell für ältere Menschen – angegliedert war. Er durfte sogar seine Katzen, Hasen, Tauben und Hühner mitnehmen! Dort waren sie sehr dankbar über seine Fähigkeiten, bald half Paul bei allen anstehenden Reparaturen und wurde dort dank seiner Talente und Fertigkeiten sehr beliebt und begehrt. Er verschenkte frische Eier an die Enkelkinder, die ihre Omas und Opas besuchten, und alle freuten sich über den kleinen Streichelzoo in seinem Garten. Er genoss dort schnell großes Ansehen und Respekt, hatte viele neue Freunde kennen gelernt und fand kaum Zeit mehr, sich um seine eigene Urenkelin zu kümmern…

Er blühte regelrecht auf, bekam sogar ein kleines Gehalt für seine Hausmeistertätigkeiten, die Damen liebten ihn ebenso wie die Enkelkinder der Damen. Es ging ihm nun viel besser, als es ihm zuletzt in dem Haus mit der einsamen Arbeit und der Pflege seiner Frau gegangen war.

Wenn man sich auf ein neues Abenteuer einlässt, dann entsteht oft etwas sehr Gutes daraus. Wenn seine „böse" Stieftochter nicht gewesen wäre, dann hätte er nie den Weg in dieses Appartement gefunden. Er wäre einsam und allein in diesem Haus geblieben. So ist er nun viel glücklicher – aber das konnte er vorher ja nicht wissen….

Lassen wir uns ein auf das, was kommt – sei es eine noch so schlimme und große Krise, an deren Ende wir einfach im Moment noch kein Licht erkennen können. Gehen wir einfach den Weg durch die Dunkelheit und lassen wir uns treiben, anstatt dagegen an zu kämpfen und all unsere Kraft zu verschwenden, wo wir sie doch in Küken, Hasen, süße Kinder und nette Damen geben können☺.

Das Leben hält Gutes für uns bereit, nur der Weg dahin ist manchmal einfach erst später zu begreifen.

Heike – Eherettung einmal anders

Weihnachten saß man zusammen – die ganze heile Familie unter dem wunderschön geschmückten Baum. Man war doch eigentlich angekommen, eigentlich war es doch genau dies hier gewesen, was man sich immer so sehr gewünscht hatte: Eine Familie.

Eine heile Familie. Aber die war es nicht, jedenfalls nicht an diesem Abend. Eigentlich schon lange nicht mehr und auch irgendwie noch nie gewesen, das wusste Heike nun. Die tiefen Ringe unter den Augen von Heike und Christoph verrieten sie, denn die entsprangen nicht den üblichen schlaflosen Nächten, die ein junges Paar mit einem kleinen Kind so erlebt. Nein, hier lag der Grund bei nächtlichen Gedanken, die einfach nicht aufhören wollten, sich in Heikes und Christophs Kopf herum zu drehen – fast immer im Kreis.

Immer wieder kreisten Heikes Gedanken um diesen einen Abend vor 3 Tagen, an dem Christoph ihr unter Tränen seine Affäre gebeichtet hatte. „Ich weiß, es ist unverzeihlich. Ich weiß, ich bin einfach nur dumm. Ich weiß aber nicht, warum ich diese Frau immer wieder treffe, wo ich Dich und unsere Tochter doch so sehr liebe. So sehr, wie nichts und niemanden zuvor auf dieser Welt. Bitte, bitte, verzeih mir und gib mir noch eine Chance. Ich tue alles, was du möchtest, ich beende das jetzt, endgültig, ich schaffe das, glaub mir!" Das waren Christophs Worte gewesen, so verzweifelt und so ehrlich klingend, aber doch so unendlich schmerzhaft für Heike.

Eigentlich hatte sie sofort ihre Sachen packen wollen. Aber es war Weihnachten, die Familie kam zu Besuch und ihre kleine Tochter freute sich schon so lange auf diesen Abend!

Also feierte man ein ganz normales Weihnachtsfest. Für die Tochter und für die Eltern tat man ganz normal, als sei alles so, wie immer. Aber nachts, wenn alles schlief, dann drückte Heike ihre Tochter ganz fest an sich und weinte heimlich und leise ihre Tränen der Trauer um die Dinge, die unwiderruflich geschehen waren. Was sollte sie nur tun? Wie konnte sie ihm vertrauen – nach all dem, was er so lange und so heimlich getan hatte? Konnte es eine gute Lösung geben, konnte das alles gut gehen? Wie denn nur?

Es war alles so märchenhaft gewesen, damals, als sie sich kennengelernt hatten. Heike arbeitete im Büro eines kleinen, sehr netten Betriebes und sang leidenschaftlich gerne in ihrer Freizeit. An einem lauen Sommerabend vor vielen Jahren trat sie mit ihrer Band auf einem Weinfest auf. Christoph war mit ein paar Freunden auch dort gewesen. Er sah und hörte sie und war von Anfang an von ihr begeistert. Ihr Blick, ihr Auftreten und ihre Stimme faszinierten ihn, später sprach er von Liebe auf den ersten Blick, die über die Jahre immer nur tiefer und stärker wuchs.

Man lebte ein paar Jahre lang zusammen, vermeintlich glücklich als Paar, welches von den

Freunden einmal sogar zum „Paar des Jahres" gewählt wurde. Heike und Christoph gingen immer
lieb miteinander um, stritten kaum und es ging
einem einfach das Herz auf, wenn man sie zusammen sah. Dies alles fand seinen Höhepunkt in
der Hochzeit und schließlich mit der Geburt der
kleinen Tochter, die mittlerweile mit ihren blonden
Locken aussah wie ein Engel. Das wundervolle
Haus, der schöne Garten und Heike, die liebevoll
das gemeinsame Kind großzog. Heike arbeitete
sogar bereits wieder ein paar Stunden im Büro –
alles war doch so perfekt. Oder? Oder vielleicht
eben doch nicht?

Christoph verstand sich selber auch nicht, warum zerstörte er dies alles, warum ging er immer
wieder zu dieser anderen Frau, warum konnte er
das nicht einfach beenden? Er wusste keine Antwort auf diese Frage, er wusste auch keine Lösung
für sein Problem. Wie konnte er es schaffen, diese
Frau nicht wieder zu sehen, wo ihn doch irgendetwas immer wieder den Hörer in die Hand nehmen ließ, um sich mit ihr erneut heimlich zu treffen?

Als das Weihnachtsfest vorüber war, redete und
redete man, nächtelang, tagelang und immer wieder auf die gleiche, unproduktive Art und Weise.
Als Heike eines mittags mitbekam, wie Christophs
Handy piepte, konnte sie einfach nicht widerste-
hen. Christoph werkelte im Keller und Heike
schaute schnell und heimlich auf das Display. Die
unheimliche Vorahnung wurde zur Gewissheit

und Heike sah, was sie nicht hatte sehen wollen: „Wann kannst Du weg? Schaffst Du es heute? XO, Biene", las sie ungläubig die dort erschienenen Worte.

Das Handy glitt aus Heikes Hand und sie handelte, ohne noch eine Sekunde weiter darüber nachzudenken. Sie nahm einen großen Koffer, packte schnell ein paar Dinge für sich und ihre Tochter hinein und verließ das Haus. Als Christoph fertig war mit seiner Arbeit und zurückkehrte, waren Heike und ihre Tochter bereits verschwunden.

Heike zog zu einer Freundin, da sie sich mit ihren Eltern nicht sonderlich gut verstand und diese auch sehr weit weg wohnten. Die Freundin räumte ein Zimmer frei, nahm Heike in den Arm und versprach ihr, sie könne so lange bleiben, wie sie wolle.

Heike blieb länger, als erwartet. Christoph verhielt sich nämlich nicht so, wie Heike sich das gewünscht hatte, sondern entfernte sich nach dem Auszug nur noch weiter von ihr und der gemeinsamen Tochter. „Ich muss gerade sehr viel arbeiten und brauche die Zeit, weil ich sonst auch noch meinen Job verliere", lauteten seine Erklärungen für alles, was er eben nicht für die Ehe und für die Wiedergewinnung der Familie tat.

Heike war sehr verzweifelt. Sie weinte sich oft in den Schlaf und wusste einfach keine Antworten auf die bohrenden Fragen der Kleinen, wo denn Papa sei und wann sie wieder nach Hause gehen könnten.

Der aber fuhr erst einmal für 10 Tage auf „Geschäftsreise nach Frankfurt", wie es offiziell hieß. Nach acht Tagen stand er braungebrannt und mit hängenden Schultern vor Heikes Tür. Die Worte überschlugen sich und Christoph schien so verzweifelt, wie Heike ihn eigentlich noch nie erlebt hatte.

„Ich will das alles so nicht, ich will dich, ich will unsere Tochter, jeden Tag und für immer – das weiß ich nun endlich! Als ihr ausgezogen seid, hatte ich zunächst ein Gefühl von Freiheit und Erleichterung. Ich traf Biene öfter und genoss es auch, mich nicht mehr immer davon schleichen zu müssen. Jetzt waren wir sogar zusammen im Urlaub und sie wollte ihrem Mann ebenfalls sagen, dass sie ihn verlassen würde", plapperte er ungefragt drauf los.

„Aber ich konnte keine Minute des Urlaubs genießen, weil ich euch beide so wahnsinnig vermisst habe. Ich hasse es , wenn das Haus so leer ist. Es fehlt mir so wahnsinnig, wie du immer abends beim Kochen singst. Und wenn ich auf den Rasen sehe und daran denke, wie dort unsere Kleine immer so süß gespielt hat, dann zerreißt es mir mein Herz. Ich will euch, nur euch und zwar so sehr, dass ich es nicht mehr aushalte. Ich bin bereit, alles zu tun, was du verlangst, wenn ich nur wieder mein altes Leben mit euch zurückhaben dürfte. Ich habe den Urlaub vorzeitig beendet und Biene für immer Lebewohl gesagt. Ich werde nun um euch kämpfen, solange und so viel dafür nötig ist. Und wenn ich jeden Tag hier vor der Tür stehe und 100 rote Rosen an die Schwelle lege für die nächsten 5 Jahre, ihr seid mir das Wert, ihr seid mir alles Geld und alle Zeit der Welt Wert!"

Heikes Mund stand offen. Der war doch echt mit der Trulla in den Urlaub geflogen – das konnte doch nicht wahr sein! Sie schlug ihm die Tür vor der Nase zu und wusste zunächst nicht, was sie tun sollte. Sie reagierte nicht auf weitere Anrufe sondern beriet sich ausgiebig mit ihrer Freundin, mit ihrer Therapeutin aber vor allem und am intensivsten mit sich selber. Sie horchte immer wieder ganz tief in sich hinein und fragte sich, was ihre Seele, ihr Gefühl und ihr Herz ihr dazu sagten.

Entgegen der Ratschläge und negativen Zukunftsversionen der Familie und so mancher Freunde handelte sie nun, einfach weil ihr Herz und ihr Gefühl ihr diesen Weg so zeigten. Sie ging den ersten Schritt auf Christoph zu, sie rief ihn an und sie schlug ihm vor, sich in Ruhe zu treffen und zu überlegen, wie man denn nun gemeinsam weiter machen könne. Sie glaubte an ihre Liebe und daran, dass man verzeihen konnte, dass Turbulenzen dazu gehörten und dass man gute Lösungen finden konnte, wenn beide dies aus tiefstem Herzen wirklich wollten.

Heike und Christoph besuchten in den folgenden Wochen gemeinsam einen Paartherapeuten und begannen herauszufinden, warum alles so gekommen war. Christoph war ein eifriger Schüler und hochmotiviert. Schließlich war er es gewesen, der seine Affäre erlebt hatte und nun auch genau wusste, welchen Preis er dafür hatte zahlen müssen. Er wusste, dass er diesen Preis nicht zahlen wollte, nie wieder. Er arbeitete hart an sich und so fanden sie schließlich in Christophs Vergangenheit den Schlüssel, der zur Zerstörung von Ehe und Glück geführt hatte. Alles wurde klarer und klarer und man konnte wie ein Puzzel Stück für Stück finden und zusammenfügen.

Auch Heike begann wieder zu singen und wurde langsam wieder zu der fröhlichen Frau, die Christoph damals kennen und lieben gelernt hatte. Es dauerte noch einige Monate, bis Heike und ihre Tochter wieder zurück in das gemeinsame Haus zogen – aber diesmal für immer ☺.

Es war kein leichter Weg und es dauerte ein paar Jahre, bis Heike wieder zu tiefem und uneingeschränktem Vertrauen zu Christoph zurückfand. Aber die positiven Veränderungen, die Christoph durch die Krise und mit Hilfe der Therapeutin jeden Tag aufs Neue zeigte, die ließen ihr Vertrauen wachsen und wachsen. Nun waren Heike und Christoph nach außen hin nicht mehr das Traumpaar von damals, ihr Image hatte Risse bekommen und ihre Fehler und Probleme waren allgemein bekannt geworden. Aber innen drin, hinter den verschlossenen Türen des Tratsches und Klatsches, da stimmte nun endlich alles, da stimmte die Beziehung und da gab es auch wieder leidenschaftlichen und herrlichen Sex!

Heike und Christoph schauten hinein in die dunklen Ecken des eigenen Ichs, in die Vergangenheit und in eine gemeinsame Zukunft. Heike vertraute und folgte ihrem Herzen, Christoph lernte nach und veränderte Dinge. Diese Veränderungen waren und sind ihr Schlüssel zur Tür, welche sie hinaus führte aus dem Raum der schwierigsten und schmerzlichsten Herausforderungen ihres gemeinsamen Lebens ☺. Heute ist ihre Tochter schon fast erwachsen, Heike singt immer noch an manchen lauen Sommerabenden und Christoph steht immer noch da und ist begeistert. Er ist begeistert von Heike, von der wundervollen Tochter, ihrem gemeinsamen Leben und endlich auch von sich selber….

Lilith und die tief vergrabenen Talente – oder wofür eine Depression doch alles gut sein kann

Sie saß da in ihrem Zimmer und schaute aus dem Fenster. Draußen schien die Sonne, aber in ihrem Herzen war es sehr, sehr dunkel. Es leuchtete nichts mehr, schon lange nicht mehr. „Habe ich jemals geleuchtet, kann ich überhaupt leuchten – oder ist das für die Stars und für `die Anderen` reserviert?" fragte sie sich.

Immer öfter wurde sie in der Familie in letzter Zeit laut, ihr Bürojob war in Ordnung, aber es war einfach nicht das, was sie einmal gelernt hatte. Häufig gab es Streit mit ihrem Mann, Auseinandersetzungen oft nur über Kleinigkeiten. Vielleicht gab sie tatsächlich etwas mehr Geld aus als man zum Existenzminimum benötigt, aber drei gesunde, vollwertige und frische Mahlzeiten am Tag auf den Tisch zu zaubern, dafür braucht es auch etwas mehr. Sie fand das eigentlich richtig. Aber mit jedem weiteren Streit zweifelte sie mehr an sich und an dem, was sie tat. „Ich sollte weniger ausgeben, ruhiger sein, mehr Geld verdienen, lockerer werden, schlanker sein und vor allem fröhlicher". Irgendwie gefiel sie sich einfach nicht, sie fand sich einfach nie gut genug.

Immer häufiger weinte sie heimlich, die Depressionen wurden heftiger und sie dachte immer öfter darüber nach, dass sie doch eigentlich sowieso besser gehen, verschwinden könne, dass alle besser dran seien ohne sie. „Mein Mann kritisiert so viel an mir, dann ist es vielleicht besser, ich gebe diese ganzen negativen Dinge nicht weiter an meine Kinder", dachte sie oft in dieser Zeit. Sie wusste nicht, wie alles gut werden könnte, so, wie sie war.

Heute ist das ganz anders. Natürlich ist sie heute auch nicht immer nur locker und super drauf, aber irgendwie hat sich die ganze Geschichte um 180 Grad gedreht. Ihr Mann kritisiert schon lange nicht mehr, er ist sehr dankbar, diese Frau an seiner Seite zu wissen. Lilith ist mit sich im Reinen. „Endlich bin ich angekommen, endlich bin ich zufrieden, endlich geht es mir gut!" sagt sie heute.

Was war denn nur geschehen?

Dies ist keine Formel für ein besseres Leben, nur ein Beispiel – von so vielen – wie gut es werden kann, wenn man nicht aufgibt, nicht verschwindet sondern die Ärmel hochkrempelt und durch den Sumpf hindurchgeht, egal, wie tief man auch bereits eingesunken sein mag.

Liliths Anker, aus ihrem Sumpf heraus zu finden, war die Klinik für Psychosomatik – genau wie bei mir damals. Sie hat es gehasst, hat sich lange gewehrt dagegen und täglich hundert Mal abgewertet dafür, dass sie das tun musste: In die moderne „Klapse" gehen.

So ging mir das damals auch, ich fand das so wahnsinnig peinlich, unglaublich! Mehrere Wochen verbrachte sie dort und ging in dieser Zeit wirklich durch ein sehr, sehr tiefes Tal. Sie vermisste ihre Kinder und hatte keine Ahnung, ob dies überhaupt der richtige Weg war hin zu festem, gutem Boden unter den Füßen – dauerhaft. „Wie sollen die mir hier denn dabei helfen, dass ich mich gut finde – so wie ich bin?" dachte sie sehr oft in dieser Zeit.

Aber genau das taten sie – zumindest der Anfang war gemacht. Es gibt in Deutschland einfach gute Therapeuten und gute Hilfen, und das ist so toll! Wir sollten nicht hadern mit einer Therapie oder mit ein paar Wochen Klinikaufenthalt in unserem Leben, sondern dankbar sein für diese Möglichkeiten, die wir geboten bekommen. Wenn ein Bein gebrochen ist, dann nehmen wir ja auch den Gips und die Reha-Maßnahmen dankbar an. Aber wenn im Kopf eine Bahn schief läuft, dann schauen wir lieber weg oder nehmen Tabletten dagegen.

Lilith lernte 9 Wochen lang nach und war fasziniert davon, wie man doch das Leben und mehr Selbstbewusstsein tatsächlich wie ein Schulfach belegen kann. Es ging ihr langsam besser, ihre Sichtweise veränderte sich und sie konnte nach und nach auch die guten Dinge sehen, die sie tagtäglich leistete. Sie trainierte ihren „Positiv-Denken-Muskel" im Gehirn so, als wären es normale Muskeln, welche einem Stärke und Kraft beim Gehen schenken. Sie zählte täglich die Dinge, die sie gut machte, begann mit Entspannungsübungen und übte sich in Dankbarkeit darüber, was ihr alles vom Leben geschenkt wurde. Sie blickte in die Vergangenheit und verstand vieles, warum sie so war und warum sie ihre alten Denkmuster so verinnerlicht hatte.

Nach der Zeit in der Klinik besuchte sie weiterhin regelmäßig Gruppen-Therapiestunden, um das Gelernte zu festigen und zu üben. Oft war das nicht einfach, sie musste sich mit falsch Gelerntem auseinandersetzen und neue Muster üben und üben und üben. Mehr als einmal war sie kurz davor gewesen, alles hin zu schmeißen. Aber das Feedback ihrer Familie und ihrer Seele gaben ihr Mut. Sie wusste, es wurde besser und es ging ihr besser, von Woche zu Woche, von Monat zu Monat.

Sie änderte viele Dinge, und durch Zufall entdeckte sie, dass es eine Ausbildung für ihr Hobby gab, die sie schaffen könnte. Sie hatte seit je her große Prüfungsangst gehabt, aber diese Art der Prüfung entsprach ihr mehr, da sie zum größten Teil aus praktischen Übungen bestand. „Das könnte ich schaffen, das wäre doch etwas für mich, das wäre doch toll!", so dachte sie eines Abends.

Sie wurde zur Musterschülerin, ganz anders als früher in der Schule. Sie liebte jede einzelne Unterrichtsstunde und glänzte in allen Fächern. Ihre Freunde konnten kaum folgen, so schnell ging am Ende alles. Sie bestand die Prüfung und fing nahezu direkt danach an zu unterrichten. Natürlich gab es auch hier Stolpersteine, aber da sie in ihrem Element und in ihrem Glauben an sich und ihre Stärke war, meisterte sie diese fast nebenbei.

Irgendwie veränderte dies endlich und nachhaltig alles. Sie behielt ihren Bürojob und sah dort einfach nur die positiven Seiten: Es war auf einmal in Ordnung, einen sicheren, festen und klar strukturierten Job zu haben, der ihr Ruhe gab – da alles Andere noch so neu und aufregend war.

Parallel dazu waren die Kinder in der Zwischenzeit größer geworden und verglichen ihr Zuhause mit dem der Freunde. Dort gab es fast nie diese leckeren Mahlzeiten, dieses gesunde und vollwertige Essen und diese warmen und auffangenden Gespräche am Tisch. Auf einmal wurde diese ihre Arbeit wertgeschätzt und allen war klar, dass diese Dinge, die anscheinend doch nicht selbstverständlich sind, auch etwas mehr Geld kosten dürfen.

Ich denke oft an Lilith, wie sie da hindurch ging, durch den Klinikaufenthalt und die Jahre danach. Wie sie so viele Dinge nachlernen musste und wie es ihr damals so schlecht gegangen war. Wie sie dann endlich ihre Talente ausgrub, mutig und stark genug wurde, um diese auch zu leben. Und wie sie sich schließlich endlich gut genug war, so wie sie war!

Lilith ist etwas ganz Besonderes, sie hat ein Gedächtnis wie ein Computer, es gibt kein Datum, zu welchem sie nicht sehr genau sagen kann, welcher Zahn welchem Kind wo und wann genau ausgefallen ist. Sie besitzt ein außergewöhnliches Sprach- und Bewegungstalent, erzählt die besten Witze (denn auch die merkt sie sich jahrelang) und kocht einfach ganz wundervoll!

Damals in der Schule hatte sie sich ebenfalls jahrelang abgewertet, konnte ihre besonderen Schätze nie zeigen und leben. Ich bin so froh, dass sie das heute endlich tut und dass alles hervorgeholt wurde aus dem Keller der Selbstabwertung, wo es so viele Jahre vergraben und verborgen war.

Kliniken, Therapeuten und Freunde, die einem Mut zusprechen und einem Vorschläge machen, welches denn der richtige Weg für einen sein könnte – das hilft einfach. Lilith kann davon ein Lied singen. Ach ja, singen kann sie übrigens auch noch ☺.

Dale Carnegie – gegen die Angst

Carnegie, ein Farmersohn mit einem Lebenslauf, welcher jahrelang von der Suche nach dem richtigen Beruf geprägt wurde. Als er schließlich in NY als Lastwagenverkäufer nach vielem Hin und Her am Tiefpunkt seiner Karriere angekommen war, änderte er alles:

Mutig kündigte er seinen festen Job, um abends für eine geringe, unsichere Umsatzbeteiligung Kurse zu unterrichten. Kurse zum Thema Sorgen und wie man sein Leben leichter bewältigen kann, denn deshalb hatte er ursprünglich Lehrer werden wollen: Er wollte helfen und etwas verändern. Nur leider musste er damals feststellen, dass man als Regelschullehrer genauso wenig verändern kann, wie als Bäcker oder Beamter. Erst als er in NY ohne Geld und in einem miesen Job dastand, wurde er mutig genug, genau das zu unterrichten, was er sich immer gewünscht hatte. Wieder ein weiteres Beispiel dafür, wofür Krisen doch gut sein können! Aber der Reihe nach:

Dale Carnegie wuchs auf der väterlichen Farm in sehr bescheidenen Verhältnissen auf. Zeitweise verdiente er als Erdbeerpflücker seinen Lebensunterhalt.

Beruflich fand er sehr lange einfach nicht seinen Weg: Zunächst wollte er Lehrer werden, nach kurzer kaufmännischer Tätigkeit besuchte er dann zuerst eine Schauspielschule, dann eine Journalistenschule und schließlich noch eine Handelsschule. Nachdem er sich anschließend ohne Erfolg als Schriftsteller versucht hatte, durfte er beim amerikanischen Christlichen Verein junger Männer Abendkurse abhalten und damit begann seine eigentliche Karriere. Er fand für seinen Unterricht nicht die vorhandene, passende Literatur, und so entstanden die Themen zu seinen Büchern. Dale Carnegie gilt heute als einer der bedeutendsten Schriftsteller des letzten Jahrhunderts! Er beschreibt seinen Durchbruch so:

„Als junger Mann in NY war ich sehr unglücklich. Um leben zu können, verkaufte ich Lastwagen, und ich hatte keine Ahnung, wie die funktionierten. Ich hasste meinen Job. Ich hasste mein billiges, möbliertes Zimmer in der 56. Straße, in dem es von Kakerlaken nur so wimmelte… Ich hasste auch, dass ich in billigen, schmuddeligen Lokalen essen musste… Jeden Abend kehrte ich mit entsetzlichem Kopfweh in mein einsames Zimmer zurück.

Ein Kopfweh, das durch Enttäuschung, Ärger und Bitterkeit genährt wurde. War das mein Leben? … Ich sehnte mich nach Freizeit, um zu lesen und um endlich die Bücher zu schreiben, die ich in meiner Studienzeit schon hatte schreiben wollen. Ich wusste, dass ich alles zu gewinnen und nichts zu verlieren hatte, wenn ich den Job aufgab, den ich so wenig mochte. Einen Haufen Geld zu machen interessierte mich nicht, aber mein Leben zu leben, dass interessierte mich….

Ich traf eine Entscheidung, und diese Entscheidung veränderte meine Zukunft völlig. Sie machte mein Leben glücklich und lohnend wie ich es in meinen kühnsten Träumen nicht zu hoffen gewagt hätte. Meine Entscheidung war folgende: Ich würde die verhasste Arbeit aufgeben und an der Abendschule Erwachsene unterrichten. Schließlich hatte ich vier Jahre lang am Staatlichen Lehrerkolleg von Warrensburg in Missouri studiert, um Lehrer zu werden. Ich würde dann also tagsüber frei haben, könnte lesen, meine Vorträge vorbereiten, Kurzgeschichten und Romane schreiben. Ich wollte leben, um zu schreiben und schreiben, um zu leben."

Seine Bewerbungen an der Columbia-Universität und an der Universität von New York, an denen er Abendkurse in freier Rede geben wollte, wurden abgelehnt.

„Damals war ich enttäuscht, heute danke ich Gott, dass sie mich nicht genommen haben."

Carnegie durfte beim Christlichen Verein Junger Menschen in der 125. Straße unterrichten, ohne Festgehalt. Die Studenten zahlten in Raten, und wenn sein Unterricht nicht erfolgreich gewesen wäre, hätte er kein Geld verdient.

Aber er war erfolgreich, aus der Not heraus? Auch, aber Carnegie war in seinem Element, er liebte seine Arbeit und erste Bücher, z.B. „Wie man Freunde gewinnt", entstanden, weil er kein passendes Lehrmaterial zu seinem Unterricht fand – also schrieb er es selbst!

Später stellte er fest, dass sich seine Studenten zu viele Sorgen machten, und wollte ihnen auch bei diesem Problem helfen. Ein passendes Lehrbuch zu diesem Thema fand er nicht. Also beschloss er wieder einmal, selber eines zu schreiben. Als Grundlage hierzu dienten ihm Bücher von Philosophen aller Zeiten und darüber, was sie zu diesem Thema zu sagen hatten. Er las Hunderte von Biographien erfolgreicher Menschen und interviewte zahlreiche prominente Persönlichkeiten wie u.a. auch Henry Ford oder Elena Roosevelt. Weiterhin arbeitete er fünf Jahre lang in einem Versuchslabor zur Erforschung der Angst. Die Studierenden bekamen Verhaltensregeln zur Bekämpfung der Angst erklärt und sollten sie testen, bewerten. Das Buch sei eine „Sammlung wirksamer Rezepte, wie man das Leben sorgenfrei gestalten könne", so Carnegie. „Sorge dich nicht – lebe" entstand, der Rest ist Geschichte.

Weltweit wurden bisher über 50 Millionen Exemplare seiner Bücher in 38 Sprachen verkauft. Carnegie ist ein weiteres Beispiel dafür, wie man erfolgreich wird durch Mut (keine Angst vor zu wenig Geld), stetige Arbeit und den Einsatz seiner Talente (die oft gleichzeitig die innersten Wünsche darstellen).

Aber vor allem ist er ein Beispiel dafür, wie man glücklich wird, wenn man tut was man liebt, ohne sich um das Thema Geld Sorgen zu machen.

Sein Buch „Sorge dich nicht – lebe" und die Tipps zum Thema „Angst" haben mir damals enorm dabei

geholfen, meine eigenen Angstzustände zu überwinden. Obwohl es schon so alt ist kann ich es
immer noch uneingeschränkt empfehlen!

Liebe Leser,

ich kann mich gar nicht genug bei euch bedanken, dass ihr dieses Buch jetzt gerade in euren Händen haltet! Ich hoffe, es hat euch gut gefallen und ihr fühlt Euch nett unterhalten! Außerdem hoffe ich sehr, dass ihr über die verbleibenden Fehler im Text einfach locker hinwegsehen konntet (ein Lektorat war leider nicht mehr drin).

Schickt mir gerne ein Feedback und schreibt mir, was euch richtig gut gefallen hat oder was ihr vielleicht eher weg lassen würdet. Oder schreibt mir einfach nur irgendwas, ich freue mich wie ein Keks über Post!

www.sandradiepenbrock.de

Danksagung

Als erstes steht hier natürlich Kai Born, der Mann, mit dem irgendwie alles begann ;). Kai, dir ist wahrscheinlich gar nicht bewusst, dass ich ohne deine Hilfe und ohne deine Unterstützung heute niemals und never ever da wäre, wo ich jetzt bin. Du veränderst alles mit deiner wundervollen Arbeit und ich weiß gar nicht, wie ich dir dafür angemessen danken kann. Vielleicht so: Dr. Kai Born, Eltville am Rhein / Wiesbaden – hier werden Sie geholfen ☺.

Danke liebe Mama und danke lieber Papa, ihr seid einfach die perfekten Eltern für mich. Danke für all eure Mühe mit mir, mit den Jungs, mit meinen verrückten Ideen und den ständig neuen Skripten, ihr seid echt immer für mich da und dafür kann ich euch unmöglich genug danken!

Danke liebe, liebe, liebe Eva dafür, dass es dich gibt und dafür, dass du immer für mich da bist. Mach´ weiter so, ich bin wahnsinnig stolz auf dich und ich glaube, man kann einfach keine bessere Schwester haben als dich. Yoga it loud!

Carsten, vielen Dank für die schöne Zeit und für die wundervollen Jungs – ja, die sind aber auch ein echtes kleines großes Wunder, jeden Tag aufs Neue!

Danke Micha (ja, Michaaa), ich glaube auch dir ist nicht klar, welche Kraft und Stärke deine Worte doch haben – du doch hast! Du bist einfach super. Yeah Micha, yeah!

Danke liebe Anna-Maria, ohne dich gäbe es wohl keine einzige dieser Zeilen, ja, DU bist schuld! Siehst du, Schuld kann auch was richtig Gutes sein ☺.

Danke liebe Stefanie für die vielen Telefonate, für all die Zeit und die Unterstützung, du bist eine Super-Freundin!

So, und nun liebe, beste Binci, du wertvoller Schatz hast als die Einzige IMMER an mich geglaubt und siehst direkt in mein Herz, und das ist wohl das größte Geschenk, was man von jemandem bekommen kann!

http://www.praxis-hofheim.de/seminare.htm

"Ein Freund ist jemand, der die Melodie deiner Seele kennt und sie dir vorspielt, wenn du sie vergessen hast."

Albert Einstein

Danke fürs Vorspielen!!!

Autorin

Ich - Sandra Diepenbrock - wuchs auf im beschaulichen Münsterland in einem kleinen 1000-Seelen-Dörfchen. Mitten im herrlich platten Westfalen, zwischen vielen Kühen und noch mehr Windrädern, durfte ich meine Kindheit und Jugend verbringen. Inspiriert von meiner eigenen Zeit in New York und motiviert durch eine Lernblockade im Studium schrieb ich meinen ersten Roman: „Knalleffekt". Frei nach dem Motto „Pro Krise ein Buch" folgten dann „Storys" und weitere Ideen für eine Fortsetzung der Geschichte von Lara Wagenfeld.
Heute lebe ich mein Leben seit über 15 Jahren im Frankfurter Raum, freue mich an meiner kleinen Familie und genieße jeden Tag, an dem ich Schreiben darf.

www.sandradiepenbrock.de

Weiteres Buch von Sandra Diepenbrock:

„Wir sind aber nicht wie alle, wir sind die Wagenfelds." Das Familienunternehmen, der Status und der Storchenclub – das war Laras Welt, durch die sie top-gestylt stolzierte. Bis zu diesem einen Tag, dem Tag des großen Knalls.

New York – echt jetzt? Wild und groß und mittendrin Lara aus Borghorst, die zu Hause alles verlor und sich nun ausgerechnet in dieser Millionenmetropole auf die Suche nach einem neuen Heim und einem neuen ´Ich` begab.
Und während zu Hause alles neu sortiert wurde, das Äußere zerfiel und das Innere aufblühte, wurde Lara zwischen „Sex and the City" erwachsen und begann zu ahnen, worum es bei der Sache mit dem Glück eigentlich wirklich ging.

+++

Knalleffekt - eine ungewöhnliche Story mit einer „feel-wieder-good-message" für all die Leser, deren Ampel im Leben auch nicht immer nur auf Grün zeigte.

Zeitfracht Medien GmbH
Ferdinand-Jühlke-Straße 7
99095 Erfurt, Deutschland
produktsicherheit@kolibri360.de